ラジオの、光と闇

――高橋源一郎の飛ぶ教室2

高橋源一郎
Genichiro Takahashi

Eurus
Notus
Boreas
Zephyrus

岩波新書
2062

ラジオの、光と闇
――「まえがき」ではなく……

こんばんは。作家のタカハシゲンイチロウです。

これから、みなさんに、『ラジオの、光と闇』という本を読んでいただきます。それは、「高橋源一郎の飛ぶ教室」というラジオ番組で、冒頭に読み上げられる「はじまりのことば」を集めたものです。そんな本の前にいったいどんな「まえがき」を書いたらいいのでしょうか。だから、これは「まえがき」ではなく、これから始まる「ラジオ放送」の「はじまりのことば」だと想像してもらえるとうれしいです。

マイクの前に座ります。ガラス窓の向こうでディレクターが指でカウントダウンしてゆくのが見えます。10・9・8・7……ぼくは深呼吸して、はじまるのを待っています。もちろん、とても緊張しています。でも、その緊張がぼくは大好きです……6・5・4・3……ぼくの姿はリスナーには見えません。そして、リスナーの姿をぼくも見ることができません。けれども、「そこ」

に、マイクの向こうに「彼ら」がいて、耳をすましているのがわかります。なにかをしゃべらなければなりません。そして、ぼくがしゃべったことばは、マイクを通し電波になって世界に放たれ、リスナーのところに届きます。いちどしゃべったことばは、いいなおすことができないのです……2・1・0……。

ぼくが大好きなジャズ・ミュージシャン、エリック・ドルフィーは一九六四年、わずか三十六歳で、遠征中の西ベルリンで病死します。その四週間前、遺作となった、名盤と名高い『Last Date』を録音したのでした。『Last Date』は、アルバムのすべての演奏が終わった後、ドルフィー自身の声が「ひとたび演奏された音楽は、空中に消え去り、二度と戻ってくることはありません」と語り、僅かなノイズと共に終わります。それが、残された彼の最後の声でした。まるで自分自身の運命について語っているようなそのことばを聴くといつも、ぼくたちもまた、なにかことばを発するとき、それが最後になるかもしれないと思うべきなのかもしれません。

「ラジオ」とは、遠くにいる誰かに、かけがえのない声を伝える装置です。ある意味では、小説や文学もまた、同じように、遠くにいる誰かに「声」を伝える「装置」なのでしょう。

「ラジオ」の起源は「糸電話」(もちろん、その頃にはそんな名称ではありませんでしたが)だとする説があります。一本のか細い糸の震えを通して、遠くの誰かの声を聴く。なるほど、確かにそうなのかもしれません。遥か昔から人びとは、遠くにいる誰かに、まるで目の前にいるようにはっきりと、声を伝えたいと思ってきました。あるいは逆に、遠くにいる誰かから、直接、語りかけてもらいたいと思ってきたのです。

「糸電話」がその最初の試みとするなら、次は、一八七七年のトーマス・エディソンによる「蓄音機」の発明かもしれません。エディソンは「蓄音機」によって、人の声を波形にしていったん記録させ、それを再度「針」によって振動させ「声」に戻すことに成功したのでした。いや、その前年の一八七六年のグラハム・ベルによる「電話」の発明こそ、遠くにいる誰かに「声」を伝える真の「装置」の到来でした。

やがて「電話」を使って音楽や演劇を伝えるイベントが出現しました。一八八一年のパリ国際電気博覧会に出現した「テアトロフォン」のブースには、人びとが集まり、受話器を耳にあてて、演劇やオペラの実況に聴きいったといわれています。

この「電話」による実験は、一八九三年ハンガリーの首都ブダペストに出現した「テレフォン・ヒルモンド」で絶頂に達します。この「電話新聞」は毎日、社会のニュース、株式情報、文化に関するニュース、そしてオペラハウスやコンサートの中継を行ったといわれています。これらの番組を、人びとは壁にとりつけられたチューブの先のイヤホンに耳をかたむけて聴いたのです。

けれども、それらはどれも、ほんとうのところ「ラジオ」ではなく、「ラジオのようなもの」だったのかもしれません。

一八九五年、イタリアの人マルコーニが「無線電信装置」を発明し、ぼくたちは「無線」による通信システムを手に入れました。マルコーニの発明が重要だったのは、「無線」であることだけではありません。マルコーニが、専門的な物理の教育をほとんど受けたことがない「アマチュア」だったことです。

誰でも自由に「それ」に参加できること。それが「電話」とは異なった、「無線電信装置」の意味でした。しかし、マルコーニ自身は、そのことに気づきませんでした。後にマルコーニは無線電信会社をつくり、独占的な地位を築こうとします。けれど、それは「ラジオ」の役割ではなかったのです。

やがて、その日がやって来ました。一九〇六年のクリスマス・イヴの日、レジナルド・フェッセンデンは、マサチューセッツ州ブラントロックの研究所から、ヴァイオリンの伴奏で「O Holy Night」を歌い、ルカの福音書の一節を朗読し、その音と声を大西洋に向かって流したのです。

これを受信することができたのは、船舶の通信士だけでした。なんの予告もなく、いままでモールス信号を受信するだけだった彼らのマイクロフォンから、音楽と声が流れ出てきたときの驚きはどれほどだったでしょうか。だから、フェッセンデンこそ史上初のラジオDJ（あるいはパーソナリティー）であり、その少数の通信士たちこそ、史上初のラジオ・リスナーだったのです。そして、不思議なことに、それからしばらくの間、「ラジオ」の主役は、「アマチュア」の「無線局」でした。それぞれに「無線電信装置」を持った個人が勝手に放送し、語り合い、耳をかたむけ合う。そんな無数の電波が空を飛び「ラジオ」の世界を形作っていたのです。けれども、一九二〇年、ラジオ受信機製作会社のウェスティングハウス社が、史上初めての商業放送局KDKAを開設し、「ラジオ」は次の時代に突入しました。KDKAは、初めて定時放送を行い、初めて膨大な大衆を対象として生まれた放送局だったのです。

それから百年と少し「ラジオ」は、KDKAの頃とほとんど変わらず、決まった時間に決まった番組を提供しつづけています。そして、ぼくも、そんなラジオ局の小さなブースから、週に一度、「声」を届けるようになったのです。

吉見俊哉さんの名著『「声」の資本主義』にこんな一節があります。

一九一七年にアメリカが第一次大戦に参戦するまでの約一〇年間、この国の空には無数の若きラジオマニアたちの電波が行き交い、それらが重層的なネットワークを構成していた。遠く離れた顔をあわせたことのない者どうしが電波で自由に知り合えることが魅力となって、若者たちはつぎつぎに無線ラジオの世界に没入していったのである。彼らは、学校でラジオについての最新の情報を交換し、無線雑誌を読みふけり、無線用品店に集い、互いにどれだけたくさんの、そしてまたどれほど遠くの電波と交信できたかを競っていった。

それは「ラジオ」が、真に「自由」にその「声」を交換できた、奇跡のような瞬間でした。もちろん、すぐに大きな資本が、この「ラジオ」という有望な市場に参入し、巨大「ラジオ局」が生まれ、そんな「ラジオマニア」たちの自由な空間は消え去っていったのです。だとするなら、深夜に繰り広げられるパーソナリティーとリスナーの応答は、かつての夢の再現なのかもしれません。

関西の高校生だったぼくは、毎晩のように午後十時から午前三時頃まで、始まったばかりの「ABCヤングリクエスト」や「MBSヤングタウン」に聴きいっていました。最新のヒット曲、懐かしい曲、リスナーからの手紙、そして、延々と続くパーソナリティーのどうでもいいようなおしゃべり。ラジオから聞こえてくる、そんな音楽や声を、ときには熱心に、ときには考え事をしながら、あるいはマンガか本を読みながら、「ああこれじゃあまた朝起きられない！　もう寝なきゃ」と呟きながら、いつまでもだらだらと聴く。それがぼくの日常でした。気がついたら、机に向かったまま眠っていたこともありました。いつの間にか、深夜放送は終わり、ラジオからは朝の番組が流れていたのです！

ぼくにとって、深夜の「ラジオ」は、空気のようなものでした。なにかを期待して、というより、そこにいると楽に呼吸ができるような「なにか」だったのです。

フェッセンデンから百二十年、そうやって、「ラジオ」は世界のあらゆる場所から「声」を届けてきました。そんな「声」を必要とする、あらゆる人たちのために。それが、ラジオの輝かしい歴史、「光」の部分だとするなら、ラジオには、もう一つ、「闇」の部分があります。

「ラジオ」は、プロパガンダの優れた武器でもありました。ヒットラーのような独裁者は、その「声」を「ラジオ」に乗せて流しました。独裁者が君臨する国家では、必ず、「ラジオ」から「国家」を讃える「声」が流れます。そして、「戦時下」では、他のすべての「声」を消し去って、ただひとつ、国家を讃える「声」だけになるのです。

一九九四年初夏、アフリカのルワンダ共和国では大虐殺により人口の一割以上が殺害されたといわれています。当時、ルワンダの人口はおよそ七百五十万。わずか百日ほどで、百万人が殺されました。殺害でいちばん使われた武器は「マチェーテ」といわれる山刀でした。そして、なにより衝撃的だったのは、虐殺に参加した人びとの多くが手に「ラジオ」を持ち、そこから流れる「声」に煽動されて、殺害に及んだことでした。

大学で教えていたとき、教え子のひとりが、卒業論文に、この「ラジオに煽動された虐殺」をテーマにしたいと申し出て、ぼくは初めてこの事件を知りました。そして、彼女の卒論に付き合ううちに、この痛ましい事件にのめりこんでいったのでした。

ルワンダといわれたアフリカ中央部の地域にはフツとツチのふたつの部族が住んでいました。どちらも同じことばを話し、その境界は曖昧でした。遊牧民族であるツチの方が比較的豊かであったといわれています。ルワンダはまずドイツの、それからベルギーの植民地になりました。おそらくは植民地支配の有益な方法として、ベルギーは少数派のツチを優遇し、フツは差別されたのです。その後、ルワンダ革命、そしてクーデターがあり、フツが政権をとりましたが、ツチに対する融和政策をとったため、フツ・ツチの両部族は共存して暮らしていたのです。そんななか、騒乱で国外へ追われていたツチ難民たちがルワンダ愛国戦線（RPF）を結成し、フツ系の政権に対する反政府運動を活発化させるようになると、ルワンダを不穏な空気が包むようになってゆきます。一九九四年四月六日、フツ系の大統領を乗せた飛行機が撃墜されます。それが「フツの過激派の犯行」なのか「ツチの犯行」なのかはいまもわかっていません。けれども、それはルワンダという火薬庫に火をつける役割を果たすことになりました。「フツの過激派」による「ツチ」（そして、一部の「フツの穏健派」）の大虐殺が始まったのです。そして、それを主導したのは、「千の丘の自由ラジオ（RTLM: Radio Télévision Libre des Mille Collines《ラジオ・テレヴィジョン・リブル・デ・ミル・コリン》」という名前の、一つのラジオ局でした。

キース・ソマーヴィルによる『ラジオ・プロパガンダとヘイト放送』とアラン・トンプソン編『メディアとルワンダ虐殺』はルワンダの虐殺（ジェノサイド）に関して、メディアとりわけラジオがどんな役割を果たしたのかについての代表的な研究書です。そこでは、RTLMがどうやって生まれ、実際にどんな放送があったのかが書かれています。ぼくは、この本を、よく、夜暗くした仕事部屋で読んでいました。他のことに気をとられなかったからなのかもしれません。すると、知らない時代に、知らない国で起こった出来事が、近くで感じられるような気がしたのでした。

……彼らは親しみやすい口調で、そうおしゃべりをするのだった……なんでもありだった、ある意味ではとても自由でもあった……中には、少々酔っ払いながらおしゃべりするパーソナリティーもいた、そしてばかばかしいジョークをいうのだ……それはなんだかかわいらしくも聞こえたのだった……それは「虐殺」が起こる前からずっとだった……ずっと彼らは「ラジオ」からメッセージを発しつづけていたのだ……そう、たとえば、シモン・ビキンディのような人気の歌手がツチへの憎しみをこめた歌を歌いつづけていたのだ……そうだ、あの事件が起こる前に、彼らは「警告」していた……RPFに協力するような連中がどんな目にあうのか……そんなやつらはバラバラに引き裂かれても文句などいえないのだ……そして、四月六日になり、大統領が暗殺されたのだった……真実はわからないのに、「彼ら」は真実を知っていると断言した……暗殺のニュースをどの放送局よりも早く、わずか九十分後にはRTLMは伝えていた……そしてすべてのフツの住民たちにメッセージを伝えたのである……どうやって準備すればいいのか、なんのためになのか、いや、それどころか「神聖な義務」だと宣言したのだ、「やつら」を「殺す」ことをである……それは、フツの住民への「勧告」だった……RTLMは「みんなのお仕事」と名づけたものに参加するよう強く「勧告」した……「みんなのお仕事」とは「虐殺」のことだった……それは「仕事に出かける」

とも呼ばれた……「くさむらを掃除する」ともただ「お掃除する」とだけいうこともあった……大統領暗殺の翌日の七日には、ＲＴＬＭは「Inyenzi《イニェンジ》」と「彼ら」を呼んだ……「ゴキブリ」という意味だった……「ゴキブリ共め、お前たちはただの肉の塊にすぎないのだ」……それが「ラジオ」から流れてきた「声」だった……「ツチ共がやって来ても」……ラジオはそう放送した……十二日のことだった……しかし「ツチ」が来ることはなかった……逃げ回っていたのだ……「ただハイエナの口に飛びこんで自らを滅ぼすだけだ。やつらは誰も生きては帰れないだろう。我々ルアンダ人はみんな『山刀』を持って待っている」……ラジオはそう放送したのだ……この「声」がラジオから流れたのだ……それはほとんどが嘘っぱちだった……「ツチの兵士たちは悪魔だ、やつらは殺した我々の死体から心臓や肝臓や抜き取るのだ、だから、あのむごたらしい『ゴキブリ』どもをひとり残らずこの世から一掃するのだ」……さらに「ラジオ」はいうのだった……「これは血に飢えた悪魔共との最後の戦いなのだ、やつらは我々の肉体を貪り食っているのだ」……だから殺さねばならないのだ、いますぐに……メアリー・キマニの分析によれば、その時期のＲＴＬＭの放送の四十パーセント以上が、彼らが「敵」と見なしたＲＰＦの「攻撃」と「残虐行為」に関するもの、そしてツチと戦い「虐殺」せよと鼓舞するものだった……「虐殺」と無関係な放送はわずか十三パーセントだった……そしてその放送の八十九パーセントはわずか六名のパーソナリティーによって担われていたのだ……そしてもっと特徴的なことは……それ故決して忘れてはならないのは……裁判で明らかにされたように……ルワンダの虐殺者たちは一方の手に山刀を持つもう一方の手にトランジスタラジオを持って虐殺の現場に現れたことだった……人びとは「それ」を「山刀ラジオ」と呼んだのである……おそらくRTLMから流れたもっとも残酷な「声」は「ゴキブリ共を殺すのに銃はいらない、山刀で十分だ」というヴァレリー・ベメリケのものだろう……それはひとりの女性パーソナリティーの「声」だった……その頃、RTLMからはこんなふうに「おはよう」の挨拶が流れたのだ……「おはようみんな、さあ今日も楽しい『仕事の一日』が始まるね」……「墓はまだまだ空いている、一杯にするために手伝ってくれるよね？」……そう、RTLMのパーソナリティーたちは大活躍だった……殺すべきツチのターゲットの名前を読み上げ、場所を教え……そして首尾よく「一掃」すると、ラジオで誉め讃えたのだ……

だから「ラジオ」は「光」と「闇」が争う場所なのです。あらゆるものがそうであるように。ぼくたちもまたそうであるように。

「闇」に呑みこまれてはならない。けれども、「闇」を恐れ、そこから逃げだしてもいけない。それは確かに存在していて、誰かがいまもその「闇」に巻きこまれそうになっているかもしれないのだから。

ぼくたちは「ラジオ」を通じて「声」を届けます。そして、それが届く場所もまた、「闇」と「光」が入り交じった世界なのです。そこにいる人びとが「闇」に怯えなくてすむように、どこに「光」があるのかわかるように、ぼくは「ラジオ」から「声」を届けたいと思っています。いままでも、いまも、これからも。

それでは、深夜、みんなが寝静まった頃に開く学校、「飛ぶ教室」の始まりです。

目次

2022年度　前期

声だけの人

桜

こんばんは。作家の高橋源一郎です。

いま、ぼくが住んでいる鎌倉は桜が満開です。みなさんの周りでもそうかもしれません。鎌倉には、桜の名所がたくさんあります。八幡宮に向かう段葛《だんかずら》、その八幡宮の源氏池。それぞれの寺の桜、源氏山、逗子ハイランドへ向かう道の桜並木。

仕事場のすぐ近くの本覚《ほんがく》寺の枝垂れ桜の周りには、観光客がたくさんいて、カメラをかまえて撮っていました。そう、観光客もいっぱい。なので、先日の夜、彼らの姿が消えた後、ぼくはいちばん近いお寺の桜を観に出かけました。誰もいない境内の階段を昇ると、柔らかい光に包まれて見事に桜が咲いていました。春になると、まったく同じ頃に一斉に咲き、そして、たちまち散ってゆく桜。当たり前なのに、でも不思議な気がします。

いちばん記憶に残っている桜は、十八歳のとき、大学の入学式に向かって歩いてゆく坂道の桜でした。それは、正式の入学式ではなく、大学が学生たちの手でバリケードで封鎖されていて、

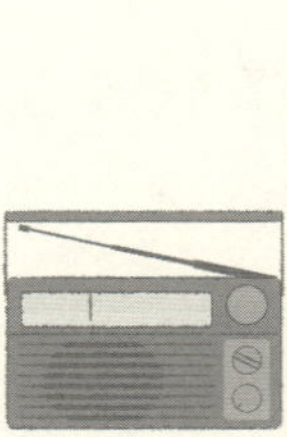

その学生たちの手による自主入学式でした。散り始めた桜の花びらを見上げながら、ぼくの胸は若々しい不安と期待にふくれていたのでした。

いちばん美しいと思えたのは、二十五年ほど前、石神井公園に住んでいたとき。石神井池の周りも、ほんとうに美しい桜が咲いていました。思い立って夜中に外に出たぼくは、池の周りをゆっくり歩きました。歩いているのはぼくだけ。満開を過ぎて、桜の花びらがどんどん散って道を埋めてゆきます。そのときでした。激しい風が吹き、地面の花びらが一斉に舞い上がったのです。まるで桜の花びらでできた川が流れてゆくようでした。ぼくは、その桜の花びらの川のまん中に立ち、ぼうぜんとその様子をながめていたのです。

桜について書かれたいちばん好きな文章は、この番組でも紹介した、有吉佐和子さんの『非色』に出てくるもの。アメリカに渡り、激しい差別を経験しながら生きる主人公は、ワシントンの桜を見て驚くのです。

「記憶に残っている靖国神社の桜は、花瓣も薄く花の色も淡く、風に散っても匂やかな風情《ふぜい》があった。だがワシントンの桜は、色さえも淡彩とは言い難《がた》かった。それは油絵で描かれてこそ相応《ふさわ》しい濃厚な花の色であった。霞たなびくと形容される日本の桜と較べて、この豪華な花々は霞でも雪でもなかった。雲とさえも云い難かった。これはあくまでも地上の花である」

別の世界に渡ったものは、その世界の風土によって変容するのです。ぼくは、そんなことを考えながら、夜のお寺の境内で、ひとりで桜をながめていたのでした。

それでは、夜開く学校、「飛ぶ教室」、始めましょう。

一本だけの映画

こんばんは。作家の高橋源一郎です。

最初に観た映画は、『ゴジラ』でした。資料を見ると、一本目の『ゴジラ』がぼくが三歳のとき、二本目の『ゴジラの逆襲』が四歳のとき。ゴジラがもう一頭の怪獣アンギラスと戦うのを覚えているので、もしかしたら、最初に観たのは『ゴジラの逆襲』かもしれません。小さい頃から、映画館によく行きました。以前お話したことがありますが、映画界に入りかけたことのある母は熱心な映画ファンだったのです。お金がないときには、フジテレビのテレビ名画座を母とよく観ました。世界の名画といわれるものの多くはそのとき観たと思います。中学・高校の六年間をぼくは映画少年として過ごしました。土日、少なくとも一日は映画館をハシゴ、一日に四本も五本も観たのです。当時は情報誌もインターネットもなかったので、新聞や雑誌の記事や広告を参考にして、綿密な予定をたてました。おそらく、新作映画はほぼ観ていたと思います。ノートをとり、一本ずつ、評点を書き入れました。八十九点、八十七点、九十三点。やがて、ぼくは映画を

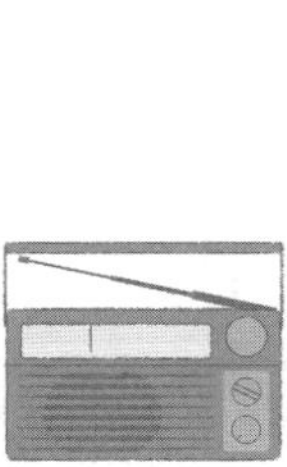

撮りたいと思うようになりました。資金や設備がなくても撮れるはずだ。その頃、八ミリフィルムのカメラを買いました。フジカシングル8《エイト》。若い映画青年たちが、それを使って、自分だけの映画を作るようになっていたのです。そんなフィルムばかりを集めた映画祭もありました。ぼくは、友人たちと映画作りを始めました。撮影したのは、ぼくたち高校生の日常です。だらだらしたおしゃべり、やる気のないクラブ活動、校庭で走っている高校生たち、カメラに向かってひとりごとをいう友人。けれども、その映画はついに完成することはありませんでした。撮影したフィルムをどう編集して、どんな映画を作ればいいのか、結局、ぼくにはわからなかったのです。フィルムはそのまま放置され、いつしかなくなり、やがて、映画作りそのものへの情熱もなくなったのです。

半世紀以上過ぎた今なら、わかります。編集する必要などなかったのに。撮影したあのフィルムの中に、二度と戻らない、ぼくたちの時間が丸ごと映っていました。あの未完成のフィルムそのものが、一度だけ作ることのできる、ぼくだけの映画だったのです。

それでは、夜開く学校、「飛ぶ教室」、始めましょう。

自分の感情を殺す

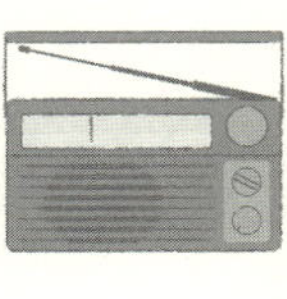

こんばんは。作家の高橋源一郎です。

今日の「ヒミツの本棚」では、映画監督・坂上香《さかがみかおり》さんが、刑務所内で長期撮影を敢行した『プリズン・サークル』を読みます。ぼくは、この本のもとになった映画も観ました。そこでは、たくさんの受刑者たちが、必死に自分と闘う姿を観ることができます。映画を観ながら、ぼくは半世紀も前のことを思い出していました。その頃、学生運動に参加していたぼくは、何度か逮捕され、そのたびに留置場や拘置所に入っていたのでした。

最初に留置場に入ったのは十八歳。窓もない、なにもすることのない留置場に四日拘留されてから外へ出たとき、周りの風景が、生まれて一度も見たことがないほど新鮮に見えました。次に逮捕されたときには、二十三日間拘留されました。その後、警察署の外へ出たとき見た風景も忘れられません。道、行き交う人、車、商店。ありふれた風景なのに、体が震えるほど美しく思えたのです。感動のあまり、脚がふわふわしたことを覚えています。その秋、逮捕されたぼくは、留置場と少年鑑別所で二か月、そして最後には、拘置所に送られました。その小さな壁で区切られた独房に閉じこめられていたのは八か月間。拘置所を出たとき、ぼくは十九歳になっていました。保釈される直前、ぼくは、またあのしびれるような感動を味わうにちがいない、と思い、少し期待してもいたのです。そして、荷物を持って、拘置所の裏門から外へ出ました。ところが、ぼくが感じたのは予想していたものとは違ったのです。つまらない、汚らしい街だな、とぼくは思いました。保釈されてからしばらく、いえずいぶん長い間、せっかく外へ出られたのに、周りの世界は、ひどくくすんで見えました。それどころか、ぼくは、うまくしゃべることもできなくなっていました。軽い失語症になっていたのです。

長い間拘留されていた人間、長い間虐待されていた人間、長い間ひどい状態に放置されていた人間は、感情を失うといいます。目の前の辛さから逃れるため、もっとも大切な感情の回路を自らの手で切断するのです。それだけが生き延びる手段だからです。

では、わたしたちはいまどうでしょうか。「小さな部屋」に閉じこめられ、それから逃れるために自分の感情を切断してはいないでしょうか。そうでなければいいのですが。

それでは、夜開く学校、「飛ぶ教室」、始めましょう。

ピアニストを撃つな

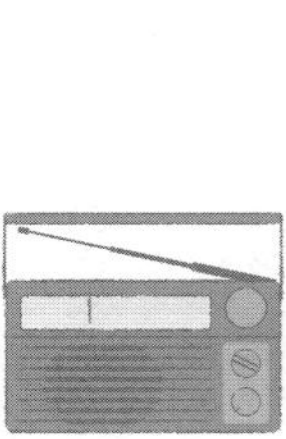

こんばんは。作家の高橋源一郎です。
少し前、こんな動画がネット上で出回りました。コンサート会場でピアノを弾くピアニスト。曲は、シューベルトの即興曲。弾きつづけるピアニストの横には警察官がふたり立って、ピアノを覗きこむようにしています。それを無視して弾きつづけるピアニスト。そして、フィニッシュ。大歓声とスタンディングオベーション。それは、(二〇二二年)四月一四日、モスクワのカルチャーセンターで開催された「戦争反対」コンサートの様子でした。弾いていたのはアレクセイ・リュビモフ。ぼくのようなクラシック音楽のファンならよく知っている、ロシアでもっとも偉大なピアニストのひとりでした。リュビモフは、彼の盟友でもあるウクライナの作曲家、ヴァレンティン・シルヴェストロフの作品をこのコンサートで弾いたのだそうです。
一九四四年生まれのリュビモフが若かった頃はソ連邦の時代で、「鉄のカーテン」ということばが生きていました。そして現代音楽は聴くことも禁止されていたのです。リュビモフは後にインタビューの中で、一九五九年、指揮者のレナード・バーンスタインがソ連を訪れ、ロシアの作曲家ストラヴィンスキーの「春の祭典」などの現代音楽の名作を演奏したときの感動について語っています。バーンスタインは演奏する前こういったそうです。「みなさんに、ストラヴィンスキーの音楽史上に残る名曲を聴いていただきたいと思います。この作品はあなたたちの国では三十年以上演奏されていませんが」と。それから、リュビモフは優れたピアニストになり、特に現代音楽を当時のソ連で紹介しつづけました。そのため、国外での演奏を禁じられていた時期もあったのです。それでも彼は、現代音楽の紹介をやめることはありませんでした。そう、リュビモフは、半世紀以上も前からずっと、芸術を禁ずる国家と闘ってきたのです。どうして、警官の恫喝ぐらいで演奏をやめるでしょうか。

現代音楽を弾くと同時に、リュビモフは時代をさかのぼり、当時の古い楽器で弾いたりするようになりました。ぼくがいちばん好きな彼のアルバムは、ショパンの時代のピアノで弾いたショパンの曲です。それは、まるで、遥か遠くから失われた過去が蘇ってくるような素晴らしい演奏でした。そういえば、ショパンもロシアの侵略で滅んでしまった故国ポーランドからの亡命者だったのです。

それでは、夜開く学校、「飛ぶ教室」、始めましょう。

失われた記憶

こんばんは。作家の高橋源一郎です。

今夜は、後で、スヴェトラーナ・アレクシエーヴィチの『戦争は女の顔をしていない』を読みます。この本を読むのは三度目です。戦争の記憶を訪ねることは、とても難しい。読むたびに、そう思います。

ぼくの父の実家は、軍人の家系でした。戦争の記憶には事欠かなかったのです。父の実家では、いつも「あの戦争」の話をしていました。でも、ぼくは耳をそむけて育ちました。

父も母も亡くなってしばらくして、実家の菩提寺を訪ねました。父の上の兄ふたりの亡くなった場所と日時を調べるためです。わかったのは、その墓に、彼らの名前は刻まれていたけれど、遺骨はなかったことだけでした。戦死した彼らの骨は戻って来なかったのです。政府の資料を調べました。上の伯父「輝彦」は、昭和二十一年三月、旧ソ連のカザフスタンの収容所で病死していました。そして、「輝彦」が亡くなった日は、収容されていた日本人捕虜が大勢亡くなった特異日でもありました。厳しい寒さが襲う日には、体力が衰えた捕虜たちは、いちどきに亡くなるのだそうです。下の伯父「宗彦」には、戦死した場所と日付が二つありました。一つは、昭和二十年一月二十七日、フィリピン・ルソン島サンマヌエル。もう一つは、同じ年の五月四日、ルソン島バレテ峠。一月二十七日は、上陸したアメリカ軍に日本軍が初めて敗れた日。そして五月四日は、日本軍が全滅し、組織的な戦いが終わった日でした。一月二十七日から五月四日にかけて、ルソン島のあらゆる場所で「全滅」が繰り返され、部隊がまるごと消滅していったため、伯父「宗彦」の死を確認できる者などいなかったのです。フィリピン戦に参加した日本軍は推計六十三万。そのうち死者は約五十万。ぼくを案内してくれたガイドは、戦後七十年近くずっと、その頃にはもう九十歳を超えた元兵士を何人も案内している、といいました。そのひとりは、この前、もうこの旅が最後ですと語り、そして、ガイドに向かって「わたしは亡くなった戦友を食べて生き残りました。これでやっと彼らのところに行けます」といったそうです。

最初に触れたように、父や母、祖母、叔母たちは、よく戦争の話をしていました。もちろん、伯父たちの話も。でも、ぼくはなにも覚えていないのです。なにも聞こうとはしなかったから。そんなことは自分には関係ないよ、と耳をふさいでいたのです。

それでは、夜開く学校、「飛ぶ教室」、始めましょう。

声だけの人

こんばんは。作家の高橋源一郎です。

ぼくが初めて逮捕されたのは十八歳の秋。このときの忘れられない思い出を一つお話します。捕まり、ボロボロになって、警察署の留置場に入ったその日は、ドロのようになって眠りました。それからおよそ三週間。ぼくは窓のない留置場にたったひとり、座ったままなにもすることもなく、ぼんやりと時が流れるのを待っていました。すると、声がしてきました。どこかの房から誰かがしゃべっているのです。ひとりではありません。一つの房からべらんめえ口調でつづけざまに。また別の房からは、ゆっくりとした調子で応えるように。それから、時々、さらに別の房から、うっとりするようなきれいな声がひとりごとを呟くように。ラジオもテレビもなく、新聞や雑誌も、読むべきものなどなにもない房の中で、いつしかぼくは、そのおしゃべりを唯一の楽しみにするようになりました。

やがて聞いているうちに、その声の主は、留置場に半年以上も拘留されている窃盗団の連中だ

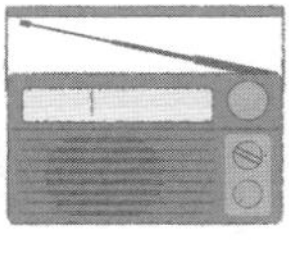

とわかりました。昼はもちろん、留置場全体が静かになる夜になるとさらに、彼らのおしゃべりは白熱しました。彼らがやってきた犯罪の数々、そんな犯罪に手を染めるに至った驚くべき半生の物語、そして、彼らが好んだ、ぼくのような初《うぶ》な若者にとって恥ずかしくて耳をふさぎたくなるような、詳細な女性体験……。ときには夜を徹して続けられた、優雅で残酷な物語。確かに、あそこで聞いた物語よりおもしろい話は読んだことがありません。そして、新入りが来ると、彼らはその新入りに「で、どうしてあんた捕まったんだい」と訊ね、新しい物語を舌なめずりするように求めたのです。もちろん、ぼくも彼らに訊かれました。けれども、わずか十八歳の、たいした人生経験などない若者に話すべき物語はありませんでした。「よくある話だな」と彼らのひとりはいいました。その通りでした。けれど、ぼくの物語の最初の読者は彼らだったのです。

三週間後、ぼくは鑑別所へ、そして拘置所へ。彼らとは二度と遭うことはありませんでした。いまでも、あのときの彼らの声、彼らが話していた、波瀾万丈の物語のいくつかをはっきり覚えています。けれども、彼らの顔を知らないのです。一度も彼らの顔を見たことがなかった。彼らは、ぼくにとって、声だけの人だったのです。

それでは、夜開く学校、「飛ぶ教室」、始めましょう。

初めてのコンサート

こんばんは。作家の高橋源一郎です。

今日は、生まれて初めて行ったクラシックのコンサートのお話をします。

中学から高校にかけて、ぼくは、音楽ならなんでも聴きました。歌謡曲、ジャズ、ポップスからクラシックまで。それぞれの分野に詳しい友だちがいて、なんでも教えてくれたのです。ラジオを一晩中かけ、親に頼んで無理矢理買ってもらったステレオセットに、なけなしのお小遣いで買ったレコードをかけて聴きました。友だちの多くは、ぼくよりずっと裕福で、新しく買ったテープレコーダーでFM放送の音楽を録音して聞かせてくれたり、外国からの直輸入盤レコードを貸してくれたりしたのでした。

あるとき、クラシックファンの友だちから、彼のことばを借りるなら「驚天動地のニュース」が入ってきたと聞きました。実現したとするなら、それは「日本のクラシック音楽ファンにとって史上最高のプレゼントになるよ」と彼はいったのでした。それは、ワーグナーの音楽のメッカ、

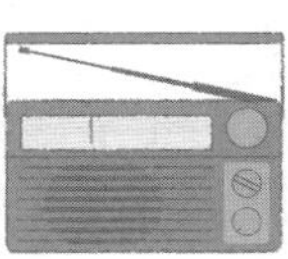

ヨーロッパ音楽の最高峰、バイロイト祝祭劇場が演出、歌手・合唱団もまるごとぜんぶ引っ越し公演をするというニュースでした。演目はワグナーの最高傑作『トリスタンとイゾルデ』、指揮者は現代音楽家でもあり、その時期世界でもっとも話題になっていたピエール・ブーレーズ。けれど、やがて、発表された公演の詳細を見てがっかり。チケットは尋常ではなく高価だったのです。それでも、奪い合いの予想。とても無理だと思ったとき、「学生専用の格安席を抽選で販売する」という文字が目に入ってきました。期待もせずに応募したところみごと当選。何人か当選した友人もいたので、そもそも学生の応募そのものが少なかったのかもしれません。生まれて初めてのクラシックのコンサート。それが後に「歴史に残る公演」「文化遺産」とまでいわれるものだったのでした。四時間かかる演目を公演前にレコードで予習。出演者たちの他のレコードももちろん聴きこんで。準備万端ととのえて、いざ大阪国際フェスティバルのホールへ。

一九六七年四月一〇日。異様な緊張の中、舞台の幕が上がった……ところから、実は記憶がありません。眠ってしまったのです。ふと気がつくと、最後のシーンでした。そして、すぐに盛大な拍手、ブラヴォーの声。興奮する聴衆の中で、ぼくはぼんやりしていました。準備に時間をかけすぎて前の日はほぼ徹夜、劇場へたどり着くところで、エネルギーは切れてしまった。それが、ぼくの初めてのクラシックのコンサートでした。
それでは、夜開く学校、「飛ぶ教室」、始めましょう。

夢の香り

こんばんは。作家の高橋源一郎です。

父の話は何度かしたことがあります。父はからだに障がいを持っていました。しかし、子どものぼくはそのことをまるで気にしたことがありませんでした。幼い頃に小児マヒになった父の左脚は、右脚に比べて短く、ずっと細く、しかも脚の先端に向かってねじれていました。もし、なにも知らずにその脚を見せられたら、多くの人はショックを受けるかもしれません。けれども、ぼくにとって、父の脚は日常の風景そのものだったのです。朝起きると、まず父がするのは、その細い左脚の先端から包帯をしっかり巻いてゆくことでした。先端から脚の三分の一ほどまできつく締めながら巻いてゆく。巻き終わると、靴下をはく。それが、父にとって、そして、ぼくたち家族にとって、一日の始まりの儀式でした。もしかしたら、ぼくの最初の記憶は、父が左脚に包帯を巻いてゆく様子だったのかもしれません。父は、包帯なしではうまく歩くことができなかったのでしょう。いや、包帯を巻いても、歩くたびに父のからだは上下に大きく揺れ動いていま

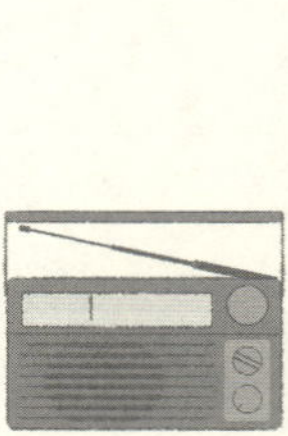

した。けれども、父は、自分のからだの障がいについて不満や不平をもらすことはありませんでした。父とは意見が合わなかった母も、その点については感心していたのです。

亡くなる数年前、まだ元気だった父と最後に話したときのことです。突然、父が「あんた、『夢の香り』を見たか？　アル・パチーノの」といいました。父が映画の話をするなんてめったにないことでした。「見てないよ」とぼくがいうと、父は「盲人のアル・パチーノがタンゴを踊るんや。とても良かった」といったのでした。『セント・オブ・ウーマン　夢の香り』を観たのは、父が亡くなった後のことでした。確かに、盲人役を演じたアル・パチーノは、見事にタンゴを踊っていたのです。

障がいがあるにもかかわらず、父はダンスが好きでした。ぼくが幼い頃、キャバレーで父と母が踊っているところを見たことは、以前お話しました。ほんとうに優雅で美しかった。けれどもあの脚では、速く、難しいダンスを踊ることは困難だったでしょう。障がいを持つ者への偏見が、いまよりずっと強かった戦前に生まれた父にとって、ダンスを踊ることは、一つの挑戦だったのでしょうか。特に障がいなどないのに、ダンス一つ踊れないぼくは、そのことを一度訊いておきたかったといまは思うのです。

それでは、夜開く学校、「飛ぶ教室」、始めましょう。

どんなことばでも

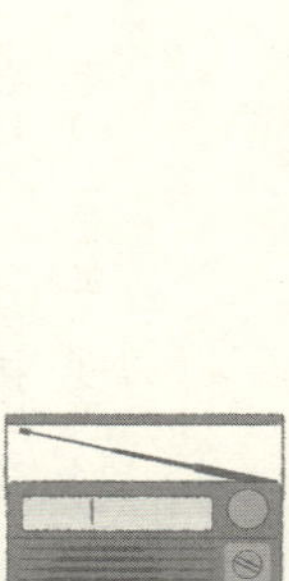

こんばんは。作家の高橋源一郎です。

先週の日曜日、東京競馬場まで日本ダービーを観に行ってきました。コロナ禍で一昨年(二〇二〇年)のダービーは無観客。無人のスタンドに馬たちの脚音だけが響いていました。去年は厳しい入場制限で五千人弱。大きなスタンドにポツポツと拍手と歓声が湧いていました。今年はやっと制限が大幅に緩和されて、七万人近い観客が集まり、いつものような大歓声と拍手が起こりました。これでなくちゃね、と思ったのです。

さっきも話したコロナのせいで、もうしばらく海外に出かけていません。というか、この二十年ほどは、数年に一度くらい。でも、その前はほとんど毎月のように海外に出かけていた時期がありました。といっても、世界中の競馬場を訪ねるため、競馬記事の連載のため、と言い訳をしていましたが、チケット代もホテル代も自腹。いくら原稿を書いても赤字の仕事だったのです。

スーツケースを引っ張って、あらゆる国の競馬場に行きました。大きな競馬場から小さな競馬場まで。いろんな人に道を訊いて、ようやくたどり着いたと思ったら、競馬場ではなくドッグレースの会場だった、なんてこともありました。よほど、ぼくの英語がひどかったのでしょう。

トルクメニスタンという旧ソ連邦の国で、何年も中止されていた競馬が復活した日に、競馬場に行きました。誉れあるトルクメニスタン・ダービー。けれども、復活したばかりなので馬券の発売はなし。もちろん、競馬ファンがそれで満足するわけはありません。十万人以上が入ったスタンドのあちこちで私設の馬券屋が勝手に馬券を売っていました。十歳くらいの子どもたちが集団で、一枚五円くらいの馬券を買っています。これこれ、いかんよ、きみたち。そして、レース。興奮する様子は大人と一緒です。そういえば、フランスでも、タイでも、シンガポールでも、イタリアでも、ドバイでも、ドイツでも、レースが佳境に入れば、みんな同じように叫びます。きっと、あれは応援している騎手の名前なんだ。当たって叫ぶ歓声。はずれたとき、ガクっと肩を落としたとき、ぽつりと口から洩れる声。横にいる見知らぬ競馬ファンにかけることば。知らない国のことばなのに、どれも、なんだか意味がわかるような気がしたのです。だって、同じ経験をするとき、人間は誰でも同じことをいうものだから。

それでは、夜開く学校、「飛ぶ教室」、始めましょう。

いままで食べたなかで一番おいしかったもの

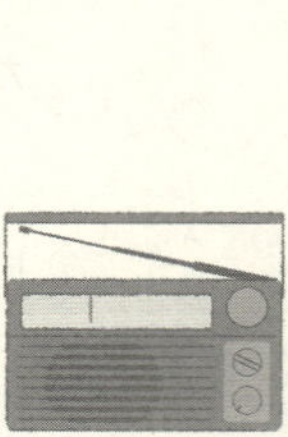

こんばんは。作家の高橋源一郎です。

「農業の歴史」や「食」（たべるということ）の思想史を専門としている藤原辰史《ふじはらたつし》さんの著書、『食べるとはどういうことか』の中に、おもしろいエピソードがあります。

藤原さんは、大学で講義をしたり、ディスカッションをするとき、「いままで食べたなかで一番おいしかったものはなんですか？」と質問をするのですが、そうすると、その回答は、大きく分けて、三つになるのだそうです。

一つ目は、「お母さん」が登場する回数が多いこと。中でも多かったのは、ふだん作ってくれたものを久しぶりに食べる状況だったそうです。この変形バージョンとして「おばあちゃん」が登場することも少なくなかったとも。

二つ目は、特定の店が登場することです。とくにラーメン屋が多かったのは、おそらく比較的安く、比較する項目も明確であるためではないかと藤原さんは書いています。

そして、三つ目は、状況依存型であること。たとえば「登山して、頂上で食べたおにぎり」とか「友だちとキャンプに行って、そこで食べたバーベキューの味」とか「陸上競技の厳しい練習のあとに飲んだ水」とか。それらはどれも「特別な食べものではないにもかかわらず、自分が追い込まれている状況によって、その味が強烈に感じられる」というものだったのです。「お母さん」が登場することが多いのは、若い学生たちにとって、料理を作ってくれる代表だったからでしょう。そして、まだ若く、食の経験も少ない故に、「一番おいしかったもの」も選びやすいのかもしれません。けれども、年齢を重ねるにつれて、「一番おいしかったもの」を選ぶことは、飛躍的に難しくなってゆきます。

藤原さんも、自分の回答は、毎回違うとおっしゃっています。そして、若い人たちの回答よりもずっと長いのだと。なぜなら、「食べる」こと自体は一回だけで終わる行為であっても、それが記憶の中におさめられると、その瞬間から、たくさんの関係性の網の目の中にからめとられていくからです。いや、そのことがわかってくるからです。

ときに一人で、家族と、恋人と、たくさんの人たちと、見知らぬ人と、故郷で、初めていった土地で、繰り返し食べたものを、生まれて初めて見るものを、食べる。それは、どれもかけがえのない経験です。「一番おいしかったもの」について考えることは、人生で一番喜びにあふれた瞬間について考えてみることなのかもしれませんね。
それでは、夜開く学校、「飛ぶ教室」、始めましょう。

ことばの誕生

こんばんは。作家の高橋源一郎です。

五十三歳のときに長男が、五十五歳のときに次男が、次々にふたりの赤ん坊が生まれました。我が家では、子育ては妻と夫の共同の事業と決めていました。だから、ぼくは、毎日のようにおむつを替え、便秘のときには、小さな肛門をオイルに浸した綿棒で刺激して、そこから飛び出たウンチを浴び、噴射するオシッコを浴びせられ、風呂に入れ、寝かしつけ、寝たと思ったらまた起きて泣きだす赤ん坊を抱っこして、夜中の街角を歩き、薬局へ行って何種類もの哺乳瓶を比較し、ついには自分で飲んで実験してみたり、よい使い捨てオムツについて考えこんだりしたのでした。一日、赤ん坊の世話をすると、疲れはてて眠ります。浅い眠りをやぶって赤ん坊の声が聞こえるとまた起きだす。たいへんでした。正直、始めのうちは、可愛いなどと思う余裕などなかったのです。あるとき、長男がなにかをいいました。もちろん、いつもなにかをいっていたのです。けれども、それまでとはちがい、なにか意味あることばに思えました。ああ、そうなんだ、いま、彼はことばを覚えようとしているのだ。そう思ったとき、なんともいえない感動がやってきました。それからはずっと、彼らの口から生まれることばに、いつも耳をかたむけるようになったのです。はっきりしたことばにならない音の断片が、揺れ動きながら、やがて、意味あることばになってゆく。それは素晴らしい光景でした。

はじめて聞いた意味ある文章は、たぶん、書斎のドアを叩きながら長男がいった、「パパ、あけて、ドア」だったと思います。まだ三つくらいの頃、やはり長男を連れて、近くの公園に行くと、彼は、輝く宵の明星を指さして、「パパ、いのちの星が光っているね」といいました。なんてすごいんだ。翌日、また公園に行くと、今度は、樹にしがみついている蟬の抜け殻に向かって「もう、森へお帰り」。なんてすごいんだ、天才じゃないか。そう思って、不意に、それが『風の谷のナウシカ』のナウシカが王蟲《オーム》にいうセリフだと気づきました。最初のことばは、映画『それいけ！アンパンマン　いのちの星のドーリィ』のセリフでした。なんてことだ、こんなちっちゃい頃から名セリフを引用してるなんて。ぼくが教えたのではなく、たくさんのことを、ぼくが子どもたちから教わったのです。いま思うなら、それは、ことばを扱うことを仕事にしているぼくにとって、「子育て」という名の学びの時間だったのです。

それでは、夜開く学校、「飛ぶ教室」、始めましょう。

日記を書く、日記を読む

こんばんは。作家の高橋源一郎です。

みなさんは、日記を書かれるでしょうか。ぼくは何度か書きはじめたことがありますが、うまくいったことは一度しかありません。それは、ある雑誌に「日記」の連載を頼まれたからです。仕事だから、できたんですね。

ぼくは、その仕事として依頼された日記を一年つづけました。それは『追憶の一九八九年』というタイトルで本にもなっています。書きはじめて、すぐに気がついたことがあります。それは、やはり小説家の日記だな、というものでした。嘘は一つも書きませんでした。細かいことまですべて事実だけの日記です。けれども、その日記は、やはり小説に近いものだったと思います。というのも、ぼくにとって大切ないくつかのことは書かれていないからです。いえ、ほんとうに大切なことは書くことはできませんでした。だから、ぼくにとって、それは、大切なことを書かないために、他の事実で埋めつくされた日記になったのです。いえ、完全な事実ともいえないかも

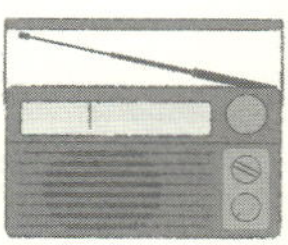

しれません。というのも、ぼくは、書きながら、そこに登場している「ぼく」に、「タカハシさん」という名前をつけていました。ぼくにそっくりな、ぼくと同じ経歴を持つ、もうひとりのぼく。そのように考えることができるから、ぼくは日記を書くことができたのでした。

一年が終わり、連載が終了しても、ぼくは日記を書きつづけようとしました。けれども、つづいたのは三日だけ。それから三十年以上、ぼくは日記を書いていません。日記は書かないけれど、日記を読むのは好きです。いろいろな日記を読みます。中でも、作家の日記はおもしろい。永井荷風は『断腸亭日乗』と名づけた有名な日記を、長い期間書きつづけました。荷風は、その日記を、何度か書き直しています。彼は、最初から、いつか読者に読まれることを想定して書いていたのです。日記なのに。いえ、作家にとっては、日記もまた彼の作り上げる作品です。なにを残し、なにを削り、なにを創作するのか。小説と同じように、その日記の作者たちは、決してそれを明かすことはないのです。

ぼくがいちばんショックを受けた日記は、まだ二十歳の頃、一緒に住んでいた彼女が書いていたものでした。それを本棚の奥に見つけ、ぼくは我慢できなくなって読んだのです。他の誰かに読まれることを想定していない日記でした。

それでは、夜開く学校、「飛ぶ教室」、始めましょう。

会ったことのないぼくの伯父さん

こんばんは。作家の高橋源一郎です。

少し前の放送で、ぼくが生まれる前に亡くなっていた、ふたりのおじさんの話をしました（11～12ページ）。長男の輝彦伯父さんは、旧ソ連のカザフスタンの収容所で亡くなり、次男の宗彦伯父さんは、フィリピン・ルソン島で戦死しています。

まだ小学校に入る前、父が経営していた工場の人に「坊っちゃん、ムネヒコさんによく似てるね」といわれたことがあります。実家でも、叔母たちがいいました。「ゲンイチロウちゃん、ムネヒコさんにそっくりや」と。祖母もいいました。「あんた、ムネヒコに似てんなあ」と。だから、ぼくは父親にいいました。「ムネヒコさんって、誰？」。すると、父親は、ぼくを仏間に連れてゆき、部屋の上の方にかかった額の写真を指さして、「あの人や」といいました。それは、軍服を着て、眼鏡をかけた、青年の写真でした。記憶は薄れ、覚えているのはそれだけです。それからも、ときどき、「ぼくに似ているムネヒコさん」の話題が出ることがありました。実家の叔

母たち、祖母、父親から。その人は、慶應義塾大学の仏文科を卒業した文学青年だったこと。本を読むのが好きだったこと。長くつき合い、結婚を約束した女の人がいたこと。けれども、戻っては来なかったこと。ぼくが覚えているのはそれだけです。「ムネヒコおじさん」のことを話してくれた親戚たちがみんなこの世を去ってから、やっとぼくは、そのぼくによく似ていたという伯父さんに深い興味を抱くようになりました。結婚もせず子どももいなかったムネヒコさんのことを思い出してくれる人は、ぼくの他にはもういないのかもしれません。もっとたくさん、その人のことを聞いておけばよかったのに。

数年前、伯父さんが亡くなったルソン島に渡り、戦場のあとを歩きました。想像していたようなジャングルではなく、どこか日本の森林にも似た風景に、なんとなく「よかった」と思いました。帰ってから、伯父さんをモデルにして、ほんの少ししかない情報をもとに、『ゆっくりおやすみ、樹の下で』という小説を書きました。そこには、その伯父さんと婚約者の間に生まれていたかもしれない子どもが出てきます。いまここにあるのではない、もしかしたらあったかもしれない、もう一つの、もっと素晴らしい世界に生まれた子どもが、傷ついた世界を修復しようとする物語。ぼくたち小説家は、そんな世界の物語をつむぐために、生きているのかもしれませんね。

それでは、夜開く学校、「飛ぶ教室」、始めましょう。

テロとことば

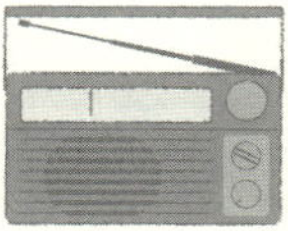

こんばんは。作家の高橋源一郎です。

つい先ほど、衝撃的なニュースが飛びこんできました。安倍晋三元首相が、演説中に狙撃されたというニュースです。詳しいことはまだわからないので、はっきりしたことはいえませんが、言論が銃弾によって、無言の暴力によってうち壊されたのです。ぼくたちの社会の存立の根底を揺るがす、このような行為は許されないと思います。この国で、他のあらゆる国で、同じようなことが起こってきました。慣れてはいけない。けれども、おびえてもいけない。おびえ、口をつぐんでしまっては、「彼ら」の思うつぼになるからです。

身体的な暴力は、実は、社会のあらゆる場所から噴き出そうとしている暴力的なものの象徴なのかもしれません。銃弾だけではなく、もっと別の、様々な形での暴力が、社会にあふれています。それらの暴力は、力で、反対する者たちを押さえつけようとします。それらの暴力に対して、ぼくたちは、力ではなくことばで対抗しなければなりません。暴力的なことばに対し暴力的なことばで応ずることもまた、彼らの思うつぼになるからです。ことばが、暴力ではない、もっと豊かな力になることを信じる必要があります。

いまできることから始めたいと思います。どんなときでも、ゆっくり深呼吸をすること。日常をとめないこと。すべてはそこにあります。そこにいれば落ちついて考えることができる場所をつくること。いつにもまして考えること。情報が飛び交っているとき、耳を澄まして聴くこと。聞き分けること。大声でしゃべる人間には気をつけること。おしつけがましい声は、聞く必要がありません。そして、自分がそうならないように気をつけること。無理矢理考えをまとめる必要などないこと。それでも、できるなら、一つ一つ考えをことばにしてゆくこと。ゆっくりでいいから。考えるべきことはたくさんあります。目の前のこと。自分に関すること。大切な誰か、あるいは大切ななにかに関すること。それから、それらとはまるで異なった、遠い世界のことや遥か昔のことも。こういうときこそ、本を読みましょう。そこには書いてあるはずです。かつて、何度も同じことがあり、そのたびに、人々は、考え、日常を護り、自分たちを攻め滅ぼしにやって来る者たちと闘ったことが。

それでは、いつものように始めましょう。夜開く学校、「飛ぶ教室」です。

ラジオの時代、映画の時代

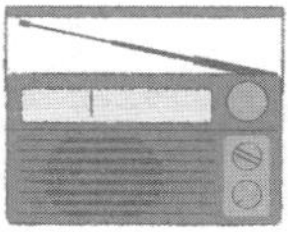

こんばんは。作家の高橋源一郎です。

この間、話題の映画『エルヴィス』を観てきました。あのスーパースター、エルヴィス・プレスリーの伝記映画です。映画館に行って、なによりおもしろかったのは、観客席の光景でした。おそらく、観客の三分の二近くは、ぼくと同じか、ぼくより年上の人たちだったのです。老夫婦らしいカップル、老女たちのグループ、そして、ひとりぼっちなのは男性ばかりだったでしょうか。本編が終わり、エンドロールも終わって、館内が明るくなると、あちこちで散発的に拍手があがりました。拍手していたのはみんな女性でした。

ぼくは、ぎりぎりで、エルヴィスを同時代で聴くことができた世代ということになります。エルヴィスの出世作「ハートブレイク・ホテル」、そして「ハウンドドッグ」が五六年、「監獄ロック」が五七年。ぼくが小学校に入学する頃で、夜はいつもラジオをつけっ放しで寝たのでした。そこから流れてくる歌謡曲と洋楽を、ほとんど区別することなく聴いていたと思います。その頃、いまの文化放送では、「S盤アワー」という洋楽専門の深夜番組があって、そこでよくかかっていたように思います。もしかしたら間違っているかもしれません。ただラジオから流れる音楽を聴いていただけなのですから。

エルヴィスは映画もよく観ました。『G・Iブルース』に『ブルー・ハワイ』。恋と歌と踊り、観光地巡り、ハッピーエンド。予定調和そのもののお話を、ぼくたちは心の底から楽しむことができました。底抜けに明るい映画ばかりでした。

ビートルズのデビューが六二年、映画『ビートルズがやって来る ヤア！ヤア！ヤア！』の公開が六四年。確か、中学二年の夏休みのことでした。もちろん観に行きました。曲は、おそらくその前の年から聴いていたと思います。たくさんの音楽を聴き、たくさんの映画を観て、たくさんの本を読み、たくさんのことを考えるようになりました。その始まりの頃に、ビートルズの姿があったのです。苦しみも恥ずかしさも悩みも背伸びも期待も不安も、音楽を通して感じるようになった頃。けれども、エルヴィスの音楽と映画は、そんな時代の前に起こったできごとでした。世界がまだ平和に見えた頃、なにかに抱かれて夢見ていればよかった幼年期。その時代に流れていたのが、エルヴィスの曲だったのです。

それでは、夜開く学校、「飛ぶ教室」、始めましょう。

十四歳の頃

こんばんは。作家の高橋源一郎です。

今日、一コマ目に読む『両手にトカレフ』は、十四歳の女の子を主人公にした物語です。いえ、もしかしたら、「十四歳」そのものが主人公のようにも、ぼくには思えました。だから、そのことについて、少しお話したいと思います。

ぼくは、自分の想定している読者を、「どこか知らない国の、百年後の十四歳の少年あるいは少女」としています。そんな彼らに向かって書きたいと思っています。「どこか知らない国の、百年後」なのは、その子が、ぼくについても、ぼくが属している社会についてもなにも知らなくてかまわない、その上で読んでもらいたいから。そして「十四歳」なのは、おそらくその頃に、ひとりの人間ができあがるからです。それまでは人間のようなものに過ぎなかった存在が、周りの人びと、周りの社会、偶然の出来事を経て、ようやく、ひとりの「人間」にたどり着く。おそらく、それが「十四歳」の意味なのだと思います。

十四歳は、だいたい中学二年の頃です。その頃のぼくは、環境が激しく変わっていました。せっかく入学した東京の名門中学でしたが、父が会社をクビになり、家族は解散。ぼくは母の故郷に送られ、地元の公立中学に入ります。すると、突然、父方の祖母がやって来て、ぼくを大阪に連れてゆき、関西の名門私立に。ぼくはしばらく、父の実家にひとり住んで、その中学に通いました。周りが全員ライバルであるような厳しい環境で、ただもう一日中勉強に明け暮れていたぼくが、「文学」という不思議なものに出会ったのは、十四歳の頃でした。ずっと勉強し、そのまま有名大学に入る、それを疑問に思わなかった少年のぼくの前に、小説や詩やジャズや哲学を我がことのようにしゃべる友人たちが現れたのです。そのまま、親や周りの期待するように、疑問もなく、受験勉強をして有名大学に行くのが当たり前だと思っていたぼくにとって、そこにあったのは、まったく異なった価値感を持つ世界でした。友人たちが話す知識に憧れ、そこで話される小説や詩や音楽に憧れ、ぼくはその世界に近づきました。「おいでよ」と彼らはいってくれました。「ほら、ここに、きみの居場所があるよ」と。

ぼくは、いまでも、その「十四歳」の頃のぼくを、自分の中に飼っています。いちばん大切な存在として。

それでは、夜開く学校、「飛ぶ教室」、始めましょう。

うしろめたさについて

こんばんは。作家の高橋源一郎です。

今日は、一コマ目に、文化人類学者・松村圭一郎さんの『うしろめたさの人類学』を読みます。この本の中で、松村さんは、エチオピアをフィールドワークし、そこに生きる人びとに対して「うしろめたさ」を感じた、その経験を通じて、社会を変革するためのヒントを導きだします。ぼくは、この本を読みながら、つい最近、自分も同じような感情を抱いたことを思い出したのでした。

みなさんは、「世界からのサプライズ動画」というような名前がついた一群の動画をご存じでしょうか。最近、ネットの世界でよく見かけるようになったこの動画には、いろいろなタイプがあります。なかでも人気なのは、アフリカの人びと、とりわけマッチョな人たちの集団が出てくるもの。ひとりが手に写真、そしてまた別のひとりが、日本語で書かれたメッセージボードを持って現れます。そのボードに書かれているのは「××ちゃん、誕生日おめでとう」というようなメッセージ。もちろん、その写真の主が、祝われる本人です。そして、アフリカの人たちが、「おめでとう」と口々にいいながら、全員でダンスを踊る。あるいは歌う。そんな動画です。およそ六千円程度で、様々なメッセージを、大切な誰かにサプライズで贈ることができる。簡単で効果的、といった理由でたいへん流行っているそうです。ぼくも、知人が彼の息子に送った動画を見せてもらいました。彼の子どもはとても喜んだそうです。もちろん、彼は、主宰している業者が、現地の人びとを一方的に搾取しているのではなく、きちんと対価を払い、寄付もしていたこと。さらに、寄付だけでは、経済的に自立に結びつかないからと、雇用創出を大切にしていることを確認してから、依頼したそうです。

ぼくは、その動画を見て、微笑ましいなと思いながら、同時に、ほんの少しもやもやしたものを感じたのでした。それは、おそらく「うしろめたい」という感情に似たものだったと思います。この動画サーヴィスが可能になったのは、彼らの世界とぼくたちの世界との間に、絶望的なほどの巨大な経済的格差があるからでしょう。この動画サーヴィスは、中国で生まれ、アジア圏に広がったものだそうです。かつてアフリカを植民地にしていたヨーロッパの人たちは、これを利用するのでしょうか。もし利用するとして、どんな感想を抱くのでしょうか。

それでは、夜開く学校、「飛ぶ教室」、始めましょう。

その日

こんばんは。作家の高橋源一郎です。今日は、初めて渋谷からではなく、NHKの広島放送局からお送りしています。

ぼくは、七十七年前の昭和二十年の「国鉄・全国時刻表」を持っています。それは大型のB3用紙一枚の両面に印刷されたものです。運転できる列車も減りそれ一枚で十分だったのでしょう。その敗戦前最後の全国時刻表には、京都駅発二十一時三十分の便が掲載されています。この列車は、京都駅を出発した後、明石と姫路の間で日付をまたぎます。夜明け前の午前四時三十一分、広島県尾道駅を出発。そして、朝の七時五十八分に広島駅に到着します。もし、この列車が、五日の夜、京都駅を発車したとするなら、終点の広島駅に着くのは原爆投下の十七分前。原爆投下時にいちばん近かった列車なのかもしれません。記録を調べると、爆心地に近かった広島駅は大きな被害を受けています。その列車の乗客たちはどうなったのでしょう。

昭和二十年八月六日の明け方、まだ暗いうちに、その列車に乗ろうとして尾道駅に向かった十

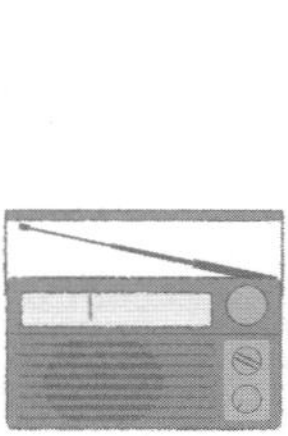

九歳の女学生がいました。彼女は勤労動員で広島の陸軍兵器補給廠に勤めていたけれど、ホームシックになって、一度尾道の実家に戻り、六日の早朝、広島に戻ろうとしていたのです。彼女は切符売場の前にできた列に並びました。当時、列車に乗る切符には厳しい枚数制限があったのです。やがて列は短くなり、あとひとりというところで、窓口が閉められました。切符が売り切れになったのです。「ああ、次の列車では、朝礼に間に合わない」。彼女は絶望しましたが、仕方ありません。ないものはないのです。いったん家に戻った彼女は、次の列車の切符を買うためにもう一度並びました。ところが、今度はいくらたっても切符を売り出す様子はありません。突然、駅員が列に並んだ人たちに向かっていいました。

「列車は来ません。広島に新型爆弾が落ちたという連絡がありました」

あの日、彼女の前で切符を買い、広島に行った人たちは誰も戻ってきませんでした。だから、彼女は、自分の息子に、つまりぼくに向かって、よくいったのです。

「あんた、あと一枚、切符があったら、あんたは生まれてけえへんかったんや」

ぼくは、ときどき、あと一枚切符があった世界のことを考えます。ぼくも母もいない世界のことを。そして、実は、ぼくたちの知らないそんな世界は、たくさんあるのだということを。

それでは、夜開く学校、「飛ぶ教室」、始めましょう。

ことばについて

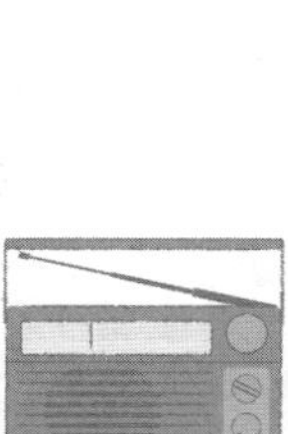

こんばんは。作家の高橋源一郎です。

八月十五日に放送した「高橋源一郎と読む『戦争の向こう側』２０２２」で、ある出来事がありました。番組に登場した詩人の伊藤比呂美さんが、いわゆる「差別用語」を口にしたのです。番組中、すぐおわびのメッセージは入れたので、お気づきになった方も多かったと思います。番組終了後、伊藤さんからぼくのところに直接、責任をとって番組を下りた方がいいのではないかと連絡がありました。ぼくは、そこまでする必要はないと答えました。そのことについては、次回、伊藤さんが登場したとき、彼女自身の口で語ってもらえばいいと思います。

　差別用語とよばれることばについて考えることは、とても難しい。ぼくのように、ことばを扱うことを専門とする者にとってなおさらです。どんなことばは使うべきではないのか。その基準は、時代によってどんどん変わってゆきます。ことさら差別する意思で使うのは論外として、長く生きてきた人間にとって、かつてふつうに使っていたのに、いつの間にか使うべきではないとされていることばはたくさんあります。だから、ふだん気をつけているときは使わなくても、日常生活で、つい口から出てびっくりする。そういうことは、ぼくでもよくあるのです。他者を、あるいは弱者と呼ばれる人たちを傷つけることばを使わない。それは正しいことなのでしょう。けれども、ときに困惑することもあります。

ぼくは二十代をずっと「肉体労働」をして過ごしました。当時、その仕事は「土方」と呼ばれていたのです。しかし、いまそのことばを使うことは難しい。当事者であってもです。そのことば自体がタブーとされてしまうから。

かつて、美輪明宏さんが、差別用語が入っているとして放送禁止曲に指定されてきた「ヨイトマケの唄」を紅白歌合戦で歌ったことがありました。その差別用語とは「土方」でした。圧倒的な唄の力を耳にしながら、切り捨てられようとしていたことばが、あれほどにも美しく、力強く聞こえるのに驚いたのです。

ラジオは耳で聴きます。聞こえてくるのは、ほとんどことば。だからこそ、使うとき、ぼくたちは、いつも繊細でなければなりません。けれども、怯えてもいけない。用心しすぎて、口をつぐむことも。ことばは、許し、抱きしめるためにも使うものなのだから。

それでは、夜開く学校、「飛ぶ教室」、始めましょう。

学校と軍隊

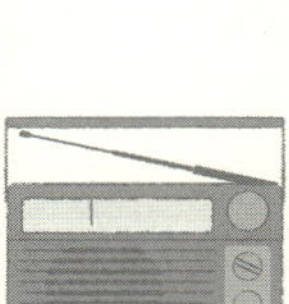

こんばんは。作家の高橋源一郎です。

今日は、この後、山本七平さんの名著『一下級将校の見た帝国陸軍』を読みます。その中で、山本さんは、陸軍という非合理な組織のあり方が日本社会全体をおおっていると書いています。そこにはなるほどと思う指摘がたくさんあります。たとえば、学校がなぜか軍隊によく似ていること。そういえば、小学生が使うランドセルは、幕末、幕府が洋式軍隊制度を導入する際、兵士の荷物を収納するためオランダから持ちこまれた背嚢《はいのう》が起源でした。もちろん、帝国陸軍もそれを受けつぎました。なんともいえない気持ちになりますね。

今日、久しぶりにツイッター（現・X《エックス》）を見ていたら、こんな投稿がありました。子どもを海外の日本人学校に通わせているお母さんによると、先生が席をはずしているとき、ある子がトイレに行こうとしたら、「先生がいいっていってないからダメだよ」という声と「行っておいでよ」という少数派とで言い合いになったというのです。おそらくそこでは、というか、あらゆる学校では、「先生がいっていってないからダメだよ」が基本なのでしょう。自分の判断よりも、先生の判断がすべて。それが正しいかどうかは関係なく。それでも、少数派とはいえ「行っておいでよ」という子がいるのは、海外の日本人学校だからなのかもしれません。

小学生の頃、ぼくがいちばん苦痛だったのは、列に並ばされるとき、「前へならえ！」の号令がかけられることでした。手を伸ばし、前の子どもとの距離、横の子どもとの距離をとる。そして、背筋をぴんと伸ばし、きちんとした列を組んで、先生のお話を聞く。意味がまったくわからない。でも文句はいえない。そして、どの先生の話も正直退屈だったのです。

自由な、といわれる小学校に見学に行ったとき、校長先生のお話を聞くために子どもたちが集まってきました。誰も列を組みません。自分の好きなところに突っ立っています。その後、「どうして列を組ませないんですか」と訊ねると、先生は「だって、列を組んだら、ぼくの顔が見えないでしょ。見やすいところに立ってればいいじゃないですか。軍隊じゃないんだから」とおっしゃいました。その先生は決して演壇は使いませんでした。そして、「ぼくは、上からしゃべるほど偉い人じゃないです」とおっしゃったのでした。でも、話はものすごくおもしろかった。そして、ぼくは、ぼくの子どもたちがここで学べればいいなあ、と思ったのです。

それでは、夜開く学校、「飛ぶ教室」、始めましょう。

残すことば

こんばんは。作家の高橋源一郎です。

今日、ゲストでお迎えするノンフィクション作家の星野博美さんは、あるとき、亡くなったお祖父様の書き残した手記を思い出し、読んでみました。おもしろい。そう思ったけれど星野さんは、その手記を閉じ、まだわたしには早すぎるといったんファイルに綴じ、保存し、時が来たと感じたとき、再び開き、その手記をめぐる本を書き上げました。それがどんな内容だったのかについてはまた後ほどお話ししたいと思います。

亡くなる少し前、突然母がわたしのところに「自伝」を送ってきたことがあります。正確にいうなら、「自伝を書いて送った」と電話で連絡があったのです。やがて、分厚い紙に紐でぐるぐる巻きにした郵便物が届きました。ぼくは郵便物を開封しませんでした。母の自伝に興味などなかったからです。しばらくして母が亡くなってから、さらに十数年、その郵便物は放置されたままでした。よくなくさなかったものだと思います。ぼくがその荷物の紐を切って、中の自伝を取

り出し読んだとき、ぼくはもう六十代の半ばに達していたのでした。

母が自伝を書きだしたのは、父が亡くなって少したってからのことです。父と母は長く別居をしていたので、母は父の葬式にも顔を出しませんでした。

父は病院で、ひとりで亡くなりました。看護師が、朝亡くなっている父を見つけたのです。急を聞いて駆けつけると、先に弟が来ていました。そして、ぼくに「瞼を閉じさせてやろうと思ったけど、固くなっててうまくいかへんのや」といいました。父は目を見開いたまま亡くなっていました。弟が一冊の大学ノートをぼくに渡して、「枕もとに置いてあった。ずっと書いてたみたいやけど、兄貴が読んだ方がいいんちゃうか」といったのです。そこに書かれていたのは、日付のある日々の細かなメモ、死後にしてほしいことのリスト、そして、亡くなる数日前に書いたと思われる最後の頁には、女性の名前が書きつらねてありました。おそらく、それは、父が生前につき合った女性たちのリストのようでした。ぼくは頁を閉じ、それもまたしばらく開けることはありませんでした。ぼくが、親たちの書いたものを読みたくなかったのは、そこに、ぼくの知らない「生身の人間」がいることを知りたくなかったからなのでしょうか。ぼく自身を知るために、親たちの書いたものを読もうと思うのはもう少し先のことだったのです。

それでは、夜開く学校、「飛ぶ教室」、始めましょう。

雪

こんばんは。作家の高橋源一郎です。

この間、ゲストとして来ていただいた藤田貴大《たかひろ》さんが主宰する劇団「マームとジプシー」の舞台『cocoon《コクーン》』をやっと観に行くことができました。ほんとうに、ほんとうに素晴らしかったです。

番組の中で、藤田さんとお話したように、マンガ家・今日マチ子さんの原作をもとに作りあげたこの劇は、沖縄の「ひめゆり学徒隊」がモデルになっています。戦争末期、沖縄の二つの学校から看護要員として派遣された女生徒たちは、病院とは名ばかりの穴蔵で、傷ついた兵士たちを看護します。けれども米軍の猛攻が続く中、解散命令が出され脱出。艦砲射撃の中で逃げまどった女生徒たちは次々に亡くなってゆきます。その中には自決を選んだ生徒たちもいました。派遣された学徒は二百四十名、そのうち死者は百三十六名と伝えられています。「ひめゆり学徒隊」の物語は、何度か映画化もされ、ぼくもそのうちの二本を観ています。映画の中の女生徒たちがたどるのが過去の悲劇なら、『cocoon』に登場するのは、いま生きている女の子たちの姿に見えました。それ故に、映画版よりもさらに、胸に迫るなにかが伝わってくるように思えたのでした。過去の戦争で起こったことを、遠い昔の出来事に終わらせないためにはどうすればいいのか、『cocoon』は、そのことを深く考えさせてくれるように思ったのです。

この舞台の特徴は、終盤、突然「雪」が降ってくるシーンがあることです。雪など降るはずもないのに。その正体は明かされませんが、もしかしたら、劇のタイトルにもなっている繭が羽化して、飛び立ち、その羽を散らしているのでしょうか。いや、そのありえないが故に見とれるほど美しい風景は、残酷な場所に追いやられた女の子たちが見た夢なのかもしれません。

舞台が終わった後、ぼくは、藤田さんに、「『cocoon』と同じように、南の島を舞台にして、最後に雪を降らせる作品があるけれど知っていますか？」と訊ねました。藤田さんは知らなかったとおっしゃいました。

その作品とは、今日とりあげる予定の、加東大介作の『南の島に雪が降る』です。同じように戦争の終わりに、同じように死と向かい合った人たち、同じような南の島で、なぜ降るはずのない雪が降る幻を見たのか。そのことを今日は考えたいと思っています。

それでは、夜開く学校、「飛ぶ教室」、始めましょう。

プロスペローの死

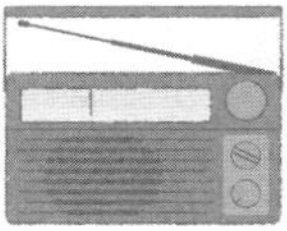

こんばんは。作家の高橋源一郎です。

ご存じの方も多いと思いますが、劇作家の宮沢章夫さんが亡くなられました。いま劇作家といいましたが、ラジオのリスナーのみなさんにとっては、パーソナリティーの宮沢章夫さん、といった方がいいかもしれません。

宮沢さんは、この「飛ぶ教室」の前身といってもかまわない、NHKの午前のラジオ番組「すっぴん！」で一緒でした。ぼくが金曜日、宮沢さんは月曜日の担当です。他の曜日のパーソナリティーがタレントや歌手、ジャーナリストといった人たちだったので、同じ作家枠の同志として、また同じく大学の先生という境遇の同志として、というか舞台を観たり、書いた小説やエッセイ・評論を読んでいたファンとして宮沢さんの曜日の番組を聴き、ときには番組の企画で共に舞台に立ったり、お話をするようになったのです。

目の前でおしゃべりする宮沢さんはユーモアがあっておだやかで、いつも静かに笑っていらっしゃいました。舞台や書かれたものが示す狂気に満ちた笑いとはまったく別のおだやかさが、そこにあったのです。すべての優れた表現者が、そうであるように。

体調が悪いというお話は何度かされていました。やがて、コロナ禍がやってきて、お会いすることもかなわなくなり、ぼくは、SNS上での発信で宮沢さんの様子をうかがうだけになったのです。入院したというツイートの後、最後の投稿は八月二十日、「それにしても眠い。さようなら。宮沢章夫」というものでした。結局、それが、ぼくたちが読むことができる、宮沢さんからの最後のメッセージになったのでした。

偉大な劇作家ウィリアム・シェイクスピアは、最後となった戯曲『テンペスト』に独創的なラストシーンを書きこんでいます。物語は終わり、登場人物たちがすべて舞台の上から去った後、ただひとり残った魔法使いプロスペローが、観客に直接話しかけるのです。「いまや私の魔法はことごとく破れ、残るは我が身の微々たる力ばかり」と話し始めたプロスペローは「お手を拝借、皆様の拍手の力で私のいましめをお解きください。……もはや私には使おうにも妖精はおらず、魔法をかけようにも術《すべ》はない」とつづけます。この作品ですべての劇作からの引退を決めていたシェイクスピアは、そのメッセージをプロスペローに託したのです。そして最後「ご寛容をもってこの身を自由に」と告げて舞台を去ってゆきます。満場の拍手の中を。世界最高の劇を、全身全霊で作り上げた作者は、最後に一度だけ観客の前に姿を現し、去っていったのです。どうか、みなさん、素晴らしい舞台をこの世界に作り出した宮沢さんにも、最後の拍手を。

それでは、夜開く学校、「飛ぶ教室」、始めましょう。

誰かに33の質問をする

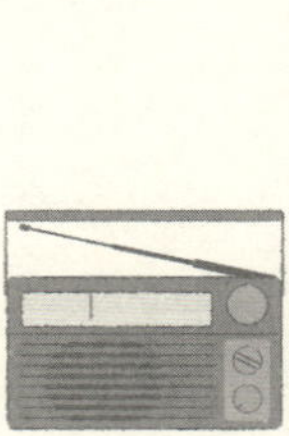

こんばんは。作家の高橋源一郎です。

先週はコメディアンでラジオパーソナリティーの大竹まことさんをお招きしました。番組では、大竹さんに「33の質問」をしてみました。といっても、質問できたのは数個だけでしたが。その大竹さんへの「33の質問」のもとになったのは、『谷川俊太郎の33の質問』です。それは、谷川さんが33の質問を作り、ゲストを招いて、答えてもらいながら対談をするという本でした。ぼくも回答者のひとりで、そして、それはほんとうに楽しい体験だったのです。

谷川さんが作った質問は、たとえば、「アイウエオといろはの、どちらが好きですか?」「いま一番自分に問うてみたい問は、どんな問ですか?」「前世があるとしたら、自分は何だったと思いますか?」「もしできたら、『やさしさ』を定義してみて下さい」「何故結婚したのですか?」「きらいな諺をひとつあげてください」「あなたが一番犯しやすそうな罪は?」「もし人を殺すとしたら、どんな手段を択びますか?」「宇宙人から〈アダマペ　プサルネ　ヨリカ〉と問いかけられました。何と答えますか？」「最も深い感謝の念を、どういう形で表現しますか？」等々。どうでしょう。これらの問いにはどれも、正解はありません。自分自身の内側を覗いてみなければ、回答することもできません。でも、この問いに答えるために自分の内側を覗いてみると、なんだかワクワクするのです。なにかに合格するための面接ではありません。回答を導き出すために、問いの傾向を知る必要もありません。というか傾向なんかありません。この問いに答えるためには、いままで一度も考えてみなかったことを考えなければならないだけです。そして、その先には、自分も知らなかったもうひとりの自分の姿が見えてくるような気がするのです。どうでしょう。親しい誰かに質問をしてみませんか。あるいは、親しい誰かに質問をしてくれるようお願いしてみては。あるいは、誰かに質問したり、されたりすることで、他人だった誰かと親しくなることができるかもしれませんね。ちなみに、『谷川俊太郎の33の質問』の最後の質問は、こうでした。

「何故、これらの質問に答えたのですか？」

この問いにコピーライターの川崎徹さんはこう答えています。

「人からきちんとものをたずねられる機会というのが、今まではまったくなかったからです」きちんとたずねるって、そういうものだったんですね。

それでは、夜開く学校、「飛ぶ教室」、始めましょう。

2022年度　後期

斧のような本

最後の仕事

こんばんは。作家の高橋源一郎です。

今日は、一コマ目に村瀬孝生さんの『シンクロと自由』を読みます。村瀬さんは、特別養護老人ホームの院長として、たくさんの、死に近づく老人たちと向かい合ってこられました。その生命と受容の記録です。ぼくはこの本を読みながら、感動し、同時にたくさんのことを思い出しました。

以前、癌に冒された父が、入院していた病院からぼくたち兄弟を近くの中華料理屋に呼び出し、死後にやってほしいことを一つ一つ説明したことを書きました。すべてをいい終わると、父は「来てくれてありがとう。もう思い残すことはないよ」といいました。ぼくが聞いた、父の意味あることばはそれが最後でした。自分にそんなことができるだろうか、亡くなった父の歳に近づくにつれ、ぼくはそんなことをよく思うようになりました。

母方の祖父母は長生きして、晩年認知症に冒されました。長女であった母は、子どもも自立し、

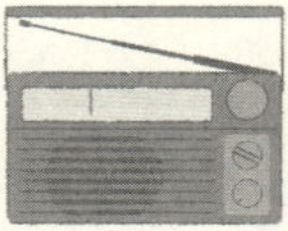

父とも別居していたので、実家に戻り、亡くなるまでふたりを介護しました。誰に介護されているのかもわからないほど認知症が進んでいた祖父は、いつも「どなたか知りませんがありがとうございます」といっていたそうです。けれども、亡くなる前の晩、いきなり、母の名前を呼び、「どうして、おまえがここにいるんだ」といったのです。それが、祖父の最後のことばでした。

知人は、やはり老いて認知症の進んだ母親の介護をするために、しばらくの間、仕事を大幅に減らしました。妻にまかせきりにすることもせず、デイケアやヘルパーも利用し、施設に入れることなく、介護をつづけたのです。その知人は「自分で志願したんだよ」とぼくにはいったのです。二年ほどして、母親が亡くなった後、知人はこういいました。

「介護をやってよかったよ。ぼくのウンチを拭いてくれた人のウンチを拭いたんだ。なんともいえない気持ちになった。どんどんちっちゃく動けなくなって、なにもわからなくなって、なんだか赤ちゃんみたいになって、最後は静かに死んでいった。母は最後に、年老いて死んでいくところまで見せてくれたと思う。あれは、親から子どもへの最後の教育だったんじゃないかな」と。だから、亡くなった母へ、その知人がかけた最後のことばは「お母さん、長い間ありがとうございました」だったそうです。

それでは、夜開く学校、「飛ぶ教室」、始めましょう。

好きなことをして生きる

こんばんは。作家の高橋源一郎です。

ずっと以前、作家の井上ひさしさんが、まだご存命の頃にうかがったエピソードがあります。井上さんが選考委員をされていた、新人のための文学賞の選考会が終わったあとのことです。家に戻った井上さんが仕事をしていると、夜遅く、玄関のベルが鳴りました。いったいこんな時間に誰だろう、と井上さんが玄関の扉を開けると、そこには見知らぬ男性が立っていたのです。男性は井上さんの顔を見つめると、興奮した様子で「ありがとうございます」といいました。そして、「今日、受賞作に選んでいただいた××です」と名乗ると、こんなことをいったそうです。

「ずっと作家になることに憧れていましたが、ようやく、夢を実現させることができました。これからはすべてを文学に捧げたいと思います。なので、さっき店をたたんできたところです。もう迷いはありません」

それに対して、井上さんは、こう答えられたそうです。

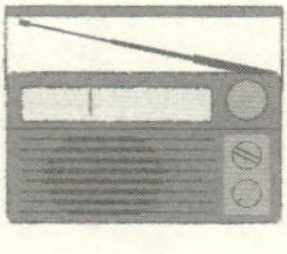

「そんなに前のめりになってはいけません。とりあえず、店をやめない方がいいと思いますよ。しばらくは商売をしながら書いていけばいいじゃありませんか」と。

けれどもその男性は井上さんのいうことを聞かず、それから、いくつかの作品を書き、雑誌に掲載されましたが、話題になることはありませんでした。受賞作以上のものを書けなかったのです。その後、彼がどうなったのか、井上さんも知らなかったのです。

小説を書く、音楽を作る、絵や彫刻を作る。どれも、とても難しく、苦しく、でも楽しい作業でしょう。では、そのことを自分の仕事にして生きていくには、どうしたらいいのでしょう。そこには、資格試験もありません。どこかに所属して給料をもらうわけにもいきません。確かに、コンテストはありますが、そこで一度受賞したからといって、なんの保証もありません。ぼくだってそうです。いままで小説は書けた。そして読んでもらえた。

でも、この次も書けるのか、そして書いたものが読んでもらえるのか、まるでわからないのです。もしかしたら想像力の泉が枯れ果ててしまうかもしれない、そんな恐れを胸に抱きながら、ぼくたちは仕事をしています。それでもやりつづけことができるのは、単純に、その作業が、書くことが、作ることが、好きだからだと思います。

そう、好きなことをやって、やって、やりつづけて気がついたら、いまの場所にいた。もしかしたら、そのこと自体が、ぼくたちにとっての報酬なのかもしれませんね。
それでは、夜開く学校、「飛ぶ教室」、始めましょう。

通夜の客

こんばんは。作家の高橋源一郎です。

井上靖に「通夜の客」という短篇小説があります。亡くなった男の通夜に、ひとり、誰も知らない女性がやって来る。映画化もされた傑作で、映画では、その女性を名女優・有馬稲子が演じました。ほんとうに心の底から、その男の死を悲しんでいたのは、家族でも親類でもなく、その見知らぬ女性だったというお話です。それは、亡くなった人を見守る通夜、その場所でこそ、その人の真価がわかる、というお話でもあるのです。

母が亡くなった日、病院からぼくの家に運び、そこで通夜を迎えることにしました。弟とふたり、母が眠る部屋の隣の部屋で一晩を過ごしたのです。晩年、母は森進一の熱狂的なファンになっていたので、その夜はずっと森進一の曲を流しました。演歌、ジャズ、演歌、演歌、ポップス、演歌。どんな話を弟としたのかは覚えていません。ただ、朝になると、弟はこういいました。「兄ちゃん、森進一の曲、一生分聴いたなあ」。それが、母の通夜の記憶です。

先日、宮沢章夫さんのお宅に弔問にうかがいました。そこで、夫人から宮沢さんのエピソードをたくさんお聞きしました。でも、ここではお話ししません。ぼくよりも遥かに深く宮沢さんと付き合った人たちがするべき話だと思うからです。ただ、宮沢さんは、友人たちからもほんとうに愛されていたのだと思いました。なんだかとても羨ましかった。

親しい誰かが亡くなると、ぼくは、その人が遺したもので偲びます。写真や思い出、その人が作り手なら、遺した作品。宮沢さんが亡くなった次の夜、ぼくは、彼が書いた『時間のかかる読書』という本を読みました。横光利一という作家が書いた、文庫本で三十頁ほどの短篇を十一年かけて読んだ記録です。効率がすべてといわれがちなこの社会の趨勢とは正反対の、きわめて効率の悪い本です。その本の中で、宮沢さんは、一行ずつじっくり眺めながら、ときには愚痴をこぼし、呟き、冗談をいい、そして十一年かけて、その本の最後の頁にたどり着き、不思議な語り手である「私」という存在が、小説の中でこそ生きているのだ、とした、こんな文章で終わるのです。

「なぜなら『私』は、あらゆる『法』に束縛されない、『小説』という奇妙な宇宙に生きているからだ」

その文章からは、はっきりと宮沢さんの声が聴こえてきました。そこで、今も本の中で生きている宮沢さんの声が。

それでは、夜開く学校、「飛ぶ教室」、始めましょう。

老人たち

こんばんは。作家の高橋源一郎です。

最近、『ＰＬＡＮ75』という映画を観ました。少子高齢化が進んだ近未来の日本を舞台にしたディストピア映画といってもいいでしょう。その世界では「長生きする老人」は、やっかい者扱いされ、満七十五歳になると、その老人に「生死の選択権」を与える制度が国会で可決されます。その「ＰＬＡＮ75」という制度を政府も社会も積極的に押し進めるのです。主演の倍賞千恵子さんは、夫と死別しホテルの清掃係をしながら、ひとり暮らしをしている七十八歳の老女「ミチ」を演じています。貧しいながら健気に暮らしていた「ミチ」は、突然、同僚と共に解雇されます。理由は「高齢のため」。無職で高齢の「ミチ」は、家から立ち退かねばなりません。かけずりまわってやっと見つけた仕事は深夜の交通整理。高齢の「ミチ」にはとてもつづけることができませんでした。役所に出かけ「生活保護」の申請をしようとしても、いつも「終了」の札が。それに引き換え、「ＰＬＡＮ75」の受付は、いつでも開いていたのでした。やがて、ミチは「ＰＬＡ

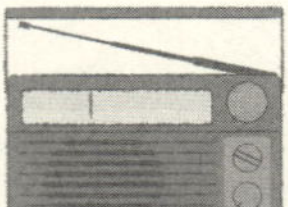

N75」を申請するに至るのです。

　この映画でもっとも胸をうつのは、「ミチ」を演じる倍賞千恵子さんの老いの演技です。おそらく、倍賞さんは、自分の老いをそのまま全力で見せてくれたのでしょう。口もとの皺も、たるんだ皮膚も、シミも、あまりにもリアルでした。とりわけ、朝、希望もなく起きた「ミチ」が、布団に入ったまま、自分の老い衰えた手を見つめるシーンは。それは映画だといくら自分にいい聞かせようとしても、そこに、目を背けてはならない真実が映っているように、ぼくには見えたのです。

　そしてぼくは、少し前に観た、ネットフリックスのオリジナルドラマシリーズ『グレイス&フランキー』を思い出したのでした。全員七十代、もうすぐ後期高齢者ばかりの夫婦二組で、なんと夫たちが実は二十年前から同性愛者として愛し合っていたと告白し、二組とも離婚するところから始まるコメディーです。おかしく、楽しく、深く考えさせる、この物語のファンにぼくはすっかりなってしまいました。

　波瀾万丈の物語と同時に、やはり胸をうつのが老いの描写です。絶世の美女としてぼくもファンだったジェーン・フォンダの顔が老いて皺だらけになったのに、足腰もふらついているのに、なぜかまったく悲しくはない。すべてを悠々と受け入れていく、そのドラマの老人たちはとても魅力的でした。

老人に生きる希望を与えぬ社会、逆に老人たちが希望を失わず、若々しい内面を持ちつづけることができる社会。ぼくたちの社会は、いま、それから、未来、どこへ向かうのでしょうか。

それでは夜開く学校、「飛ぶ教室」、始めましょう。

ものの記憶、場所の記憶

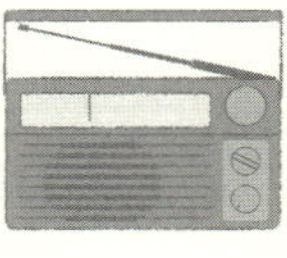

こんばんは。作家の高橋源一郎です。

先日、渋谷にある、大きな書店の閉鎖が発表されました。その書店には、数えきれないほど通い、たくさん本を買いました。入っている建物の建て替えによる処置なのだそうです。渋谷には、もうほとんど大きな書店がなくなります。とても寂しいことですね。

書店の数はずっと減りつづけています。紙で読む書物自体が減っています。電子書籍があれば読めるのだから仕方がない。そう考える人も多いでしょう。先日紹介した『映画を早送りで観る人たち』に書かれていたように、映画も、映画館ではなく、ヴィデオやDVDで観るようにして、いまは配信で観るようになりました。おそらく映画館も減ってゆくでしょう。室内に、ひとりで、机の上のパソコンやスマートフォンですべてをすませてしまう。それはとても便利で、そして少し寂しいことのように思います。

書棚の奥を探していると、よく古い本が見つかります。『われらの文学』という全集におさめられた、大江健三郎さんの『性的人間』を見つけました。買ったのは中学二年のとき。引っ越しで父の実家に戻った際、引っ越し屋さんが本を見て、「中学生なのに、こんな本を読むんだ」と興味津々でぼくにいったことをよく覚えています。恥ずかしかったことも。冬なのに引っ越しをしているからリビングのガラス扉を開けられ、凍えるように寒かったことも。

本自体も、記憶の中では眩しく輝いていた新刊本だったのに、ときを経て、すっかり薄汚れていました。頁をめくると、紙は劣化していて、その中に、半世紀以上前に自分が引いた鉛筆の線の跡が薄くかすかに残っています。その箇所を読みながら、あの頃なにを感じていたのか、ぼくは少しずつ思い出してゆくのでした。古い本は、汚れてしまうことを代償に、まるで古い写真のように、思い出の収納場所になっていたのです。

古い写真、古いヴィデオ、古いレコード、しまっておいた玩具箱の中身、古い手紙。どれも情報としては必要のないものばかりです。けれども、それらをすべて捨て去ったとき、ぼくたちは、どうやって自分の過去を思い出すことができるのでしょうか。確かに、写真も音楽もメモもメールも、必要なものはすべてクラウドという空間に保存できます。しかし、クラウドは、見ることも、触ることもできないのです。ものには記憶があります。場所にも、また。いまこのラジオの時間が、みなさんの記憶に留められるといいなと思います。

それでは、夜開く学校、「飛ぶ教室」、始めましょう。

秘密の教室

こんばんは。作家の高橋源一郎です。
今日、これから紹介する『テヘランでロリータを読む』は、学問や表現の自由が失われた大学を去り、誰にも知られぬ小さな秘密の教室をつくった女性研究者のお話です。

正規の教室ではない、秘密の、非正規の教室なら、ぼくも作ったことがあります。もともと、ぼくの授業は正規の学生だけではなく、受けたい人間は誰でも来ることができるように開放していました。そこに来る非正規の生徒たちは、授業を受けても単位がとれるわけではありません。ただ学びたいためにやって来る彼らは、正規の学生たちよりも熱心で、理想の学生だったのです。

忘れられない秘密の教室は、二年間だけ開いた「小説教室」です。ぼくは、大学の授業では「小説を書く」ことは教えませんでした。読むことは学べても、書くことを学ぶのは難しいと思ったからです。けれども、卒業論文を小説でもよいとしたわずかな期間、学生たちのために、小説を書く特別な授業を、学校のカリキュラムと関係なく、秘密で開いていたのです。それは、週に一度、丸一日、特別に教室を借りて行う授業でした。参加している学生の数だけ、書いた小説をプリントして持ってくる。九時から来る学生も、昼頃やって来る学生もいます。卒論のために慣れぬ小説を書いてくる学生も、秘かに小説家を目指して書いて来る学生もそこでは平等です。添削はしません。添削すると、その学生の作品ではなくなってしまうから。みんなで読んで、みんなで話す。目の前にある、生まれつつある小説について。思っていたより遥かに楽しい時間でした。

そこには、たいしたことのないものも、きらりと光る作品もありました。中でも、Sくんの書く作品は素晴らしいものでした。とうに卒業して、でも就職浪人をしていたSくんの書いて来る作品を、ぼくは大好きだったのです。新しいアイデアとプロット、そして独特の文体。Sくんがとりくんでいた小説は長篇で、磨きあげれば、どの新人賞でもとれそうだとぼくは思っていました。「ねえ、その小説、完成できなかったら、ぼくにちょうだい」といったくらいです。その小説は、結局完成しないまま「小説教室」は終わりになり、時々連絡をくれたSくんからの連絡もなくなり、やがて時がたちました。

彼はいまどこでなにをしているのでしょう。ぼくは今でもその小説の隅々まで覚えていて、再現することもできます。でも、そんなことはできない。それは彼の小説だったから。ほんとうに素晴らしい作品だったのに。
それでは、夜開く学校、「飛ぶ教室」、始めましょう。

宛名のない手紙

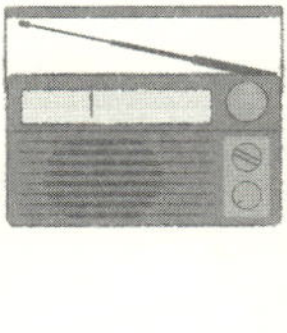

こんばんは。作家の高橋源一郎です。

今日はこのあと、作家の山本文緒さんの『無人島のふたり』を読みます。余命宣告を受けた作家が残した最後の日記です。いのちの終わりを知って、それでもなにかを書きたいと、おそらく多くの作家が思うはずです。でも、そう思うのは作家だけではないのかもしれません。

これまでにも話したことのあるエピソードです。母は亡くなる数年前、万年筆で自伝を書き、ぼくのところに送ってきました。読む気がなく放置したままで、実際にぼくがそれを読んだのは十年以上たって、母が亡くなった後のことでした。ありふれた人生を綴った平凡な文章ばかりでした。父が最後に遺したのは、亡くなる前の日に大学ノートに書きつけた十数名の、生涯に付き合った女性たちの名前でした。それはいったい誰に向かって書かれたのでしょう。でも、確かにどちらにも、溢れるなにかがあったのです。

ぼくとほぼ同世代で、多くの仕事を共にさせていただいた批評家の加藤典洋《のりひろ》さんは、二〇一八年の十一月、血液性の疾患で急遽入院、闘病生活をおくった後翌年の五月に亡くなられました。加藤さんは、入院中にも多くの仕事をこなし、それらをぼくたちはいま読むことができます。そんな加藤さんが遺したものの中に、私家版としてひっそり刊行された『僕の一〇〇〇と一つの夜』というタイトルの詩集があります。優れた批評家だった加藤さんが、最後に遺したのは詩の本だったのです。それは加藤さんにとって、他人には見せてこなかった秘密の小部屋だったのかもしれません。ぼくはいまも時々、その本を開いて、そこにあることばの断片を読みます。そして、確かにここに加藤さんがいる、と思うのでした。いちばん最後に書かれた作品「はじめての歌」は、婚約者を残して事故で亡くなった、加藤さんのご子息に捧げられた詩で、こんなふうに始まります。

雲が飛んでく
君でも僕でもなくて
雲が
僕らは

いったん
君でも僕でもないものになって
はじめて
もう一度
出会うのかもしれない

そしてこんなふうに終わってゆきます。

僕が死んだ君に会ったとき
その建物の玄関に
早朝からの雪は
なおやまずに降っていた

雲が飛んでく
僕に残されたものは

僕の絶望と正確に同じ
一個の角砂糖のかたちをした
　小さな希望

世界から去ってゆくとき、ぼくたちの脳裏に浮かぶのは、もしかしたら、いちばん大切にしていたものなのかもしれませんね。

それでは、夜開く学校、「飛ぶ教室」、始めましょう。

朗読者

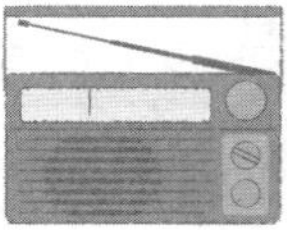

こんばんは。作家の高橋源一郎です。

ベルンハルト・シュリンクに『朗読者』という小説があります。映画化もされたのでご存じの方も多いと思います。

主人公の十五歳の少年ミヒャエルは年上の女性ハンナと付き合うようになります。そして、あるとき、ミヒャエル少年が教科書を朗読したのをきっかけに、逢瀬のたびに、少年は彼女に朗読をするようになります。その理由が明らかになるのは、ふたりが別れてから遙か後になるのですが。

長い時間を経て、人生の酸いも甘いもかみ分けられるようになって、再び、ミヒャエルがハンナに朗読をする機会がめぐってきます。会うことが困難な場所にいる女に、ミヒャエルが送った朗読テープは、長い放浪の末に故郷に戻る物語、そしてかつて朗読した『オデュッセイア』でした。

『朗読者』は、「朗読」の魅力がつまった作品ですが、ぼくも個人的に「朗読」が大好きです。他人の朗読を聞くのも、自分で朗読をするのも。

もしかしたら、それは、小さな頃、母親から絵本の読み聞かせをしてもらったことに由来しているのかもしれません。少し遠くから、誰かがなにかを読む声には、懐かしく、心を震わせるものがあります。

ぼくが初めて「文学」というものにうたれたのは、中学二年のとき、他に客がひとりもいないうどん屋で、食べ終わったばかりの素うどんの丼を前にして、突然、友だちが朗読しはじめた、詩人・吉本隆明の、一篇の詩でした。それまで、「文学」とか「芸術」とか、意味のよくわからないことばを使い、文学少年ぶりっこをしていたぼくは、自分の中心をうち抜かれたと思いました。よく知っているはずの友人が見知らぬ人間に見えたのです。彼という生身の人間の声を通して、初めて、憧れていた世界が目の前に現れた気がしたように思います。

子どもたちが生まれて数年間は、毎日のように童話や絵本を朗読しました。少し前に整理をして箱に入れたら、そんな本がおよそ千冊ありました。彼らはもう覚えていないかもしれません。でも、それでいいのです。作家や詩人の自作の朗読はおもしろい。どんなにプロフェッショナルな朗読者よりも、その人のことば、その人の中にあるものが伝わってくるからです。音楽で好きなのはヴォーカル。劇を観に行くと、時々、目をつぶってセリフを聞きます。だから、ラジオが好きなんだと思います。声を聞くのも、ラジオから声が流れることも。

それでは、夜開く学校、「飛ぶ教室」、始めましょう。

本屋に行く

こんばんは。作家の高橋源一郎です。

みなさんは、どのくらいの頻度で本屋に出かけますか？　週に一度？　月に一度？　それとも、本はネットで注文するからほとんど行かなくなったのでしょうか。

ぼくはいまでもよく出かけます。だいたいは、なにも決めずに。駅の近くにあるT書房という本屋に、よくふらりと寄ります。そんなに大きな本屋ではありません。レジを抜け、新刊本が積んであるいわゆる平台を左に曲がると、お気に入りのコーナーがあります。文学や哲学、歴史の珍しい本がたくさん。ほとんど読んだことがない本ばかりです。でも、どれも読んでみたいなと思うものが多いのです。ここでも本はいろいろ買うのですが、このコーナーは佇んで見るための場所です。よし、まだここがある。そう確認して、家に戻ります。

最初に通った本屋は尼崎にありました。四歳から五歳で小学校に入る前、定期購読していた月刊の少年マンガ雑誌をとりに行きました。まだ背が低くて、台に置かれた本がちょうどぼくの目

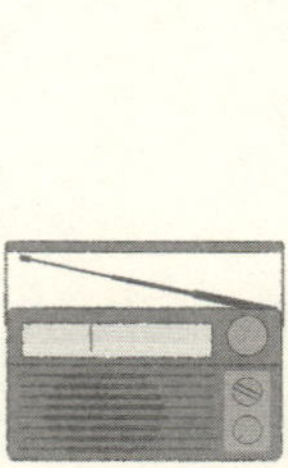

の高さにあったことを覚えています。小学校に入ってすぐ、尾道にある母の実家に住んでいたときには、貸本屋に通いました。借りて読み、読んで返して、また借りる。確か、二泊三日で一冊十円でした。貸本屋では駄菓子も売っていたように思います。本もお菓子も選ぶのは自分。そこはおとなのいない子どもだけの世界だったのです。いや、もちろん店主はいたはずなのですが。

旅行に行くとやはり、本屋を探します。本を買いたいわけではありません。そこにどんな本屋があって、どんな本が置いてあるのか。それがわかると、その場所のことが少しだけわかるような気がするからです。いちばん好きなのは、まるでことばがわからない国の本屋に行くこと。どんな意味があるのかと、思われるかもしれません。旧ソ連邦のトルクメニスタンに行ったとき、小さな本屋に出くわしました。もちろん、中に入り、棚を埋めつくした本を見ました。なにひとつことばがわからない！　でも、そこで二冊、ロシア語ではなくトルクメニスタン語で書かれたらしい本を買いました。なんだか小説のような気がしたからです。まあ、まるでちがう可能性もあったのですが。その本は、本棚の隅にいまもあります。もしかしたら、いつか誰かが、その本に書かれていることを教えてくれるかも。それだけで十分。そんな本もあるのです。

それでは、夜開く学校、「飛ぶ教室」、始めましょう。

斧のような本

こんばんは。作家の高橋源一郎です。

今夜、この後、ミシェル・クオの『パトリックと本を読む』という本を紹介します。そこで著者は、人生を変える力を持った本について書いているのですが、「ぼくたちの内側にある凍りついた氷の海を砕く斧」のような本を読まねばならない、というカフカの有名な一節に触れています。

一九〇四年一月二七日、カフカは友人のオスカー・ポラックに手紙を送りました。本について書かれたもっとも名高い手紙です。その中でカフカはこんなふうに書いています。

「ぼくたちは、ぼくたちに嚙みつき、傷を負わせる本だけを読まねばならない。もし読んでいる本が、脳天への一撃のようにぼくたちを揺すり起こすのでなければ、どうしてわざわざ本など読む必要があるだろう。君のいうように、楽しむため？

いや、ぼくたちは、本なんかなくても、楽しむことができる。もし必要なら、自分のために、

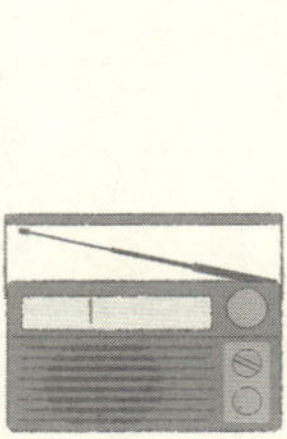

楽しくなれる本を書けばいいんだ。

そうじゃない。ぼくたちに必要なのは、耐えられないほど痛ましい不運のように、ぼくたちを打ちのめし、絶望させる本だ。愛する人が死んだときのように。いや、まるで人の気配のしない森の奥深くに追放されたように感じさせてくれる本。自殺のように。

どんな本も、ぼくたちの内側にある凍りついた氷の海を砕く斧でなければならないんだ。ぼくはそう信じている」

いったい、ぼくたちはなんのために本を読むのでしょう。小さい頃教わったのは、本を読めば豊かな人間性を得ることができる、というものでした。学校の先生がそういい、親もそういっていました。もっとも、そんなふうにいってくれる人たちが、実はそんなに本など読んでいないことも多かったのですが。いまでも、そんな理由で本を読むことを勧められます。必要な教養を身につけるためには読書がいちばんなのだと。

カフカは、そうではない、といったのです。ほんとうに優れた本は、常識を打ち壊す。なんとなく信じていたものが贋物だと教える。いや、おまえも贋物だと。そして、目の前にある世界や社会のウソや矛盾を暴き出し、いまのままでいいのか、その本の読者に迫るのです。こんなものを読むんじゃなかった、と後悔するほどに。

それでは、夜開く学校、「飛ぶ教室」、始めましょう。

緑色の部屋

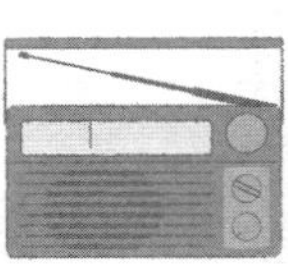

こんばんは。作家の高橋源一郎です。

映画監督フランソワ・トリュフォーは、一九三二年に生まれ、一九八四年、五十二歳で亡くなりました。いわゆる「ヌーベルヴァーグ」を代表する監督です。「ヌーベルヴァーグ」が誕生した一九五〇年代末期から六〇年代にかけて、もうひとり、一九三〇年に生まれた二歳年上で、今年亡くなったジャン・リュック・ゴダールと兄弟のような同志のような深い関係であったことは、映画史上の伝説となっています。けれども、六〇年代の終わり頃、フランス五月革命と映画のあり方をめぐって対立し、それから長い断絶がつづいたまま、トリュフォーは早く亡くなります。トリュフォーの死に際し、ゴダールは葬儀に参列することも、追悼文を書くこともありませんでした。

そんなトリュフォーに『緑色の部屋』という作品があります。トリュフォー自身が演じる主人公ジュリアンは、第一次世界大戦を生き抜き、やっと結婚したばかりの妻を亡くし、深い憂鬱の中へ沈みこみます。そして、彼は、亡き妻への愛や思い出を失わぬために、写真や遺品を飾る「緑色の部屋」を作り、そこで生きてゆくことにしたのです。そんなジュリアンが、同じように心に残った死者たちをなにより大切にする女性と出会う、という物語です。これがどんな結末を迎えるのかは、想像してください。

映画の中に繰り返し出てくる、亡くなった人たちの肖像写真、その前でともされるロウソク。もしかしたら、クリスマスを思い出してしまうのは、あの美しいロウソクのせいだったかもしれません。現実から逃避して、死者の思い出だけを生きがいとする後ろ向きの人間に見える主人公ジュリアン。けれども、ぼくたちにはみんな、それぞれの「緑色の部屋」があるのではないでしょうか。自分にとっていちばん大切な、かけがえのないなにか。もう遠くへ行ってしまい、現実には触れることができないなにか。そのなにかが、もう一度蘇ることができる場所。ひとりひとりの人間の記憶や時間を封印した小部屋。それが「緑色の部屋」なのだと思います。

毎年この頃、その年に亡くなった人たちを追悼するのは、もしかしたら、ぼくにとっての「緑色の部屋」での出来事、いや、新しい誰かを、その部屋に招き入れる儀式なのかもしれません。

死者は、もう新しいことはしません。新しい事件を起こさず、新しいことばを発することも、新しいなにかをつくることも。だからこそ、生きている人間と、異なった付き合い方をする必要があるのです。
それでは、夜開く学校、「飛ぶ教室」、始めましょう。

墓碑銘《エピタフ》

こんばんは。作家の高橋源一郎です。

今年も終わりに近づきました。この季節になると、今年亡くなった人たちを静かに追悼することにしています。それにふさわしい季節のように思えるからです。個人的な付き合いがあった人、遠くから見るだけで憧れた人、一度も会ったことがなくとも、その人が作ったもので、深く影響を与えられた人。そして、受けとったものがなにだったのかを考えます。

一月六日、映画監督のピーター・ボグダノヴィッチ、八十二歳。『ラスト・ショー』や『ペーパー・ムーン』を忘れることはないでしょう。見るたびに映画少年に戻ることができる気がしたのです。一月十三日、映画監督ジャン・ジャック・ベネックス、七十五歳。『ディーバ』そして『ベティ・ブルー』。一月二十日、映画監督・恩地日出夫、八十八歳。『あこがれ』に『傷だらけの天使』。二月五日、作家・西村賢太、五十四歳。『苦役列車』で芥川賞。少年のような無頼派でした。三月二十一日、映画監督・青山真治《しんじ》、五十七歳。日本を代表する若手の映画監督でしかも

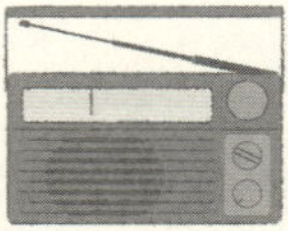

作家でもあったのです。会うときはいつも素敵に酔っていました。三月二十八日、装幀家・菊地信義、七十八歳。ときには日本中の本がぜんぶ菊地さんの装幀のように思えました。ぼくの本もたくさん作っていただきました。ありがとうございました。四月七日、マンガ家・藤子不二雄Ⓐこと安孫子素雄、八十八歳。小さい頃からのファンで、マンガ賞で一緒に選考委員をさせていただいたのは一生の思い出です。会うときにはいつも片手にウィスキー。真のジェントルマンでした。五月二十二日、映画監督・石井隆、七十五歳。『天使のはらわた』や『死んでもいい』を観て育ちました。六月十五日、詩人で作家・森崎和江、九十五歳。『からゆきさん』を筆頭にたくさんの作品を書かれました。女性の作家で生まれて初めて驚いたのがあなたでした。九月十二日、作家で劇作家の宮沢章夫、六十五歳。いまだに信じられません。もっとずっと長生きすると思っていたのに。九月十三日、映画監督ジャン・リュック・ゴダール、九十一歳。少年の日からずっと半世紀以上、憧れ以上の存在でした。十月二日、小説家・津原泰水《やすみ》、五十八歳。あなたとは不思議な縁がありました。お話したのは二度だけでしたが。十一月十二日、映画監督・大森一樹《かずき》、七十歳。あの時代、あの頃、すぐ近くに住んで、なぜかデビューも同じ頃でした。十一月二十七日、映画監督・崔洋一、七十三歳。『十階のモスキート』も『月はどっちに出ている』も『血と骨』も大好きでした。あなたたちが遠くへ行っても、作ったものは、いつもぼくのすぐそばにあるのです。
それでは、夜開く学校、「飛ぶ教室」、始めましょう。

白鳥の歌

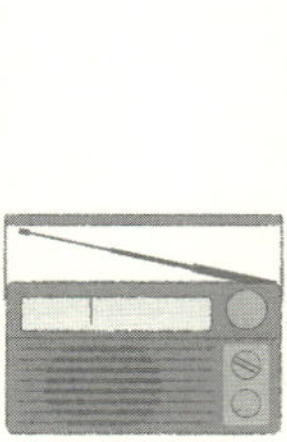

こんばんは。作家の高橋源一郎です。

今月の十一日から十二日にかけて、いま末期癌で闘病中の音楽家・坂本龍一さんのピアノソロコンサートが世界に配信されました。収録されたのは、坂本さんが世界でいちばん響きが美しいとするNHKの509スタジオ。体力の衰えた坂本さんは、一日二、三曲ずつ録音し、繋ぎ合わせて一つのコンサートにしたそうです。ぼくは、同世代の音楽家である坂本さんを、長い間ずっと、眩しい存在として見上げるような思いで見ていました。そして、彼の作り出す、美しい音楽を、いつもそこにあるものとして聴いていたのでした。

みなさんは「白鳥の歌」ということばをご存じでしょうか。白鳥は亡くなる直前に、もっとも美しい声で唄う。その言い伝えをもとにできた、人は人生のいちばん最後に最高の作品を残すということ、もしくは、その作品自体を意味することばです。もしかしたら、坂本さんの脳裏には、そのことばが浮かんでいたのかもしれません。ほんとうに素晴らしい演奏でした。コンサート配信の後、坂本さんは、誰でも聴くことができるように動画サイトの上に、彼の代表曲「メリークリスマス、ミスター・ロレンス」を一曲だけ、いつでも聴くことができるように配信してくれました。まだ聴いていない方は、ぜひお聴きください。この曲が、これほどゆっくり弾かれるのを聴くのは、初めてでした。坂本さんは、これまで数限りなく弾いてきたこの名曲を、一音、一音、確かめるように、慈しむように、弾いていました。ピアノの音は、こんなにも美しいものだったのでしょうか。もしかしたら、この曲をいちばん聴きたかったのは、演奏者である坂本さん自身だったのかもしれません。昨日、久しぶりに、映画『戦場のメリークリスマス』を観ました。製作されたのはおよそ四十年前。ジャワの日本軍捕虜収容所をめぐる、男しか出てこない物語です。クリスマスをめぐる物語なのに、南洋が舞台だから雪も出てきません。ラストシーンはクリスマスの日。ビートたけし演じる粗暴なハラ軍曹は、戦争犯罪人として処刑される前夜、その独房を訪れたロレンス中佐と、楽しかった四年前のクリスマスの思い出を話します。そして立ち去ろうとするロレンス中佐に、別れのことばを放つのです。「メリークリスマス、メリークリスマス、ミスター・ロレンス」。そのことばを包みこむように、坂本龍一のテーマソングが溢れだす。そうか、あの曲は、死にゆく者への贈り物、クリスマスプレゼントだったのです。

それでは、今年最後の、夜開く学校、「飛ぶ教室」、始まります。

世代交代

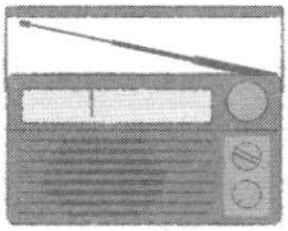

こんばんは。そして、あけましておめでとうございます。作家の高橋源一郎です。

二〇二〇年に始まった「高橋源一郎の飛ぶ教室」、これで三度目のお正月を迎えることになります。去年もいろいろなことがありました。うまくいったことも、うまくいかなかったことも。けれどもここまでつづけることができたのは、すべて、リスナーのみなさんのおかげと感謝しています。今年も一年、よろしくお願いします。いい番組になるように、一生懸命頑張りますので。

ところで、数年前のお正月のことでした。近所を歩いていると、一軒の家を囲んだ塀に色とりどりのチョークで、その年の干支が描かれていました。「はっ！」と目につく鮮やかさです。その干支がなんだったのか覚えていないのが残念ですが。感心して眺めていると、その家のYさんが出てきて、「娘が描いたんです」とおっしゃいました。そのお嬢さんは、おそらく小学校に入学したてくらいの頃で、よく近所で遊んでいる姿を見かけていたのです。

あまりに見事な出来ばえに、その塀の前を通る観光客たちは、みんな立ちどまって眺め、そしてスマホで写真に撮っていました。ネット上でもちょっとした話題になったようです。翌日、お嬢さんに会って「すごく上手だね、感心したよ」というと、彼女はすっかり照れていました。それから毎年、彼女がチョークで描く干支の絵は、近所の風物詩になりました。だいたいは三十日に描きだします。そして、完成するのが三十一日の午後。なので、大晦日には見ることができます。除夜の鐘はつかなくても、初詣には行かなくても、彼女がチョークで描く干支を見ることが、ぼくの住んでいるあたりの正月になくてはならない行事になったのでした。

去年（二〇二三年）の三十日、塀の前を通ると、小学校に上がりたてくらいの、ちっちゃな女の子がチョークでウサギの絵を描いています。その横には、Yさんが微笑みを浮かべて立っていました。そして、ぼくに「次女です」と紹介してくれました。「お姉ちゃんは？」と訊ねると、「世代交代ですね」とおっしゃり、こうつづけました。

「去年の絵よりずっと低い位置にあるでしょう。まだ、小さいもので」

そうか。こんなにも幼く若くても、世代交代はあるのか。彼女が干支デビューで描いたのはウサギ。それはぼくの干支でもあったのです。次のウサギがその塀に描かれるとき、それを描くのは、まだよちよち歩きの、いちばん下のお嬢さんでしょうか。そしてそのとき、ぼくはそれを見ることができるのでしょうか。

それでは、夜開く学校、「飛ぶ教室」「新春！初夢スペシャル２０２３」、始めましょう。

一年に一度会う

こんばんは。作家の高橋源一郎です。

正月三が日を少し過ぎて、友人のTと会いました。Tとは一年に一度会います。だいたいはお正月に。どこか食事のできる店で待ち合わせます。お互いに妻を連れて。

Tと最初に会ったのは大学二年のとき。半世紀以上も前のことです。Tは大学を四年で卒業してある証券会社に入りました。けれども、そこは自分のいるべき場所ではないと考え、退社。二年半の間、一日十時間以上勉強して司法試験に合格し、弁護士になりました。ぼくは八年在籍した大学を満期除籍。その頃のぼくは、親とも他の友人とも関係を絶ち、ただひとり会っていたのがTでした。三十歳になり小説家になろうとして、ある賞に応募しようとしました。あとは頭の中にあった作品を書くだけです。けれども、そのためには二か月ほど仕事を休まなければなりません。でもお金がない。なのでTに頼みました。「この作品を書いたら賞をとって作家になれると思うから、お金を貸して」と。するとTは「きみのいうことなら信じるよ」といって二か月分の生活費を貸してくれました。Tの貸してくれたお金で食いつなぎ、小説を書き、その作品は受賞し、ぼくは作家になったのです。もちろん、そのお金は返しました。

ところで、二人とも何度も結婚しているけれど、Tの婚姻届けの証人はみんなぼくで、ぼくの婚姻届の証人もいつもTです。婚姻届けに署名するためにだけ会った年もありました。Tは、誰でも知っている有名な事件の弁護士を何度もやっています。でも、ぼくは弁護士としてのTにはあまり興味がありません。Tもぼくがどんなものを書いているのかには興味がないようです。なにかになる前のお互いを知っていて、そのことがいちばん大切だと思っているからなのかもしれません。一年に一度会ってするのは、世間話。特にめぼしい話題があるわけではありません。でも、会うと、まるでつい昨日会ったばかりのように、自然に話をします。少しも変わっていない。いや、もちろんお互いにずいぶん歳をとったけれど、不意に目の前に、半世紀も前の二十歳の頃のTがいるような気がして、びっくりします。動作、声、表情、それがまるで変わっていないからでしょう。なんだか不思議です。食べ終わり、話し終わると、店を出ます。だいたいは、Tが車で最寄りの駅まで送ってくれます。「ありがとう」「さようなら」「また今度」。それでお別れ。彼の車が去るのを見送ると、新しい年がやって来たなと思うのでした。

それでは、夜開く学校、「飛ぶ教室」、始めましょう。

犬を飼う、猫を飼う

こんばんは。作家の高橋源一郎です。

今夜は、ぼくが飼った犬と猫たちの話をします。父が経営していた鉄工所の中の家に住んでいて、ぼくが幼稚園に通いはじめた頃、はじめて犬を飼いました。どこといって特徴のない雑種でした。ありふれた「ポチ」という名前をつけました。覚えているのは、亡くなったときのことです。小犬だったポチは、ヘビースモーカーだった父の灰皿にたまった水を舐めたのです。横たわったポチはお腹を痙攣《けいれん》させて苦しそうでした。そんな小犬を撫《な》でながら、父は「もうダメやな」といいました。それが記憶のすべてです。

それからは動物を飼うことはありませんでした。転々と引っ越しがつづき、一か所に落ち着く生活をしたことがなかったからです。いつかなにかを飼うことがあるのだろうか。なにかを飼えたらいいな。楽しいだろうな。誰かが飼っている犬や猫を見て、その幸せな様子を見て、そんなことをずっと考えていました。

三十歳で作家になり、三十代半ばを過ぎて、はじめて猫を飼いました。ようやくゆったりとした生活を送れるのだ、と思いました。デビュー作に登場させた猫の名前を彼にはつけ、十数年、その猫との暮らしがつづきました。五十歳近くなって、嵐のような日々が始まり、年老いた猫を置いて家を出ました。どういう生活になるのか自分でもわからなかったのです。しばらくして彼が亡くなったと聞きました。とても悲しかった。何年かして子どもが生まれ、猫を飼いましたが、腎臓を悪くしてすぐに亡くなりました。近くの、ペットのための霊園に葬りました。

次に犬を飼いました。イタリアングレイハウンド。「カンちゃん」と名づけました。室内犬です。でも事情があり、残念なことにすぐに飼えなくなりました。懸命に里親を探し、彼はもらわれていきました。

それから猫も犬も飼っていません。ぼくには飼う資格がないと思ったからです。子どもたちは、よく、「猫、買いたいねえ、犬でもいいけど」と呟きます。でも、それは、ぼくがいなくなってからだね。

数日前、突然ＬＩＮＥに犬の写真が送られてきました。あれから十年以上たっていたけれど、すぐに「カンちゃん」だとわかりました。老衰で亡くなったと里親の方のコメントが添えられていました。全盲になっていたが、直前まで元気で、飼い主の蒲団の中で亡くなったそうです。ずっと別の名前で生きた「カンちゃん」。彼の記憶の中に、ぼくや幼かった子どもたちはいたでしょうか。

それでは、夜開く学校、「飛ぶ教室」、始めましょう。

隣人

こんばんは。作家の高橋源一郎です。

八日前の(二〇二三年一月)十九日、肺癌のため藤代三郎さんが亡くなられました。七十六歳でした。本名は目黒考二。一九七六年、椎名誠さんと共に雑誌『本の雑誌』を創刊、実質的な編集長を長く務めました。エンタテインメント小説の書評家としてのペンネームが北上《きたがみ》次郎。藤代三郎は競馬評論家としての名前でした。藤代さんはいつも、ぼくの隣にいました。ある雑誌で長く斎藤美奈子さんと、その年の純文学のベストテンを選んでいたとき、隣のコーナーで、北上さんはエンタテインメントのベストテンを選んでいました。『ギャロップ』という競馬雑誌が九三年に創刊されたとき、ぼくと藤代さんは同時に連載を始めました。ぼくは数年で連載をやめましたが、藤代さんは去年の暮れまで約三十年間、毎週一度も休まず連載をつづけました。その雑誌のエッセイの賞の選考委員をぼくは北上さんとずっと務めていました。毎年一度、選考会で話します。もちろん、競馬の話を。そして雑談。ギャンブルをする者同志は、会っても、どうでもいい

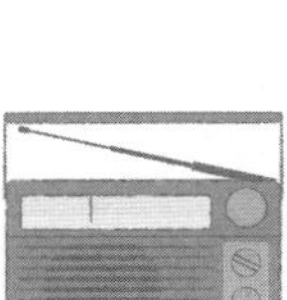

話しかしません。文学の話、真剣な話はもちろんしない。おそらくそれは、ギャンブルなどに真剣になってしまう自分に、説明のできにくい恥ずかしさがあるからでしょうか。藤代さんは『ギャロップ』での連載で、ただひたすら、どんな馬券を買ってはずれたのか、それがどんなに寂しくも楽しいのかだけを書きつづけてきました。藤代三郎として絶筆になった第一五〇四回、冒頭で体調が悪いと書き、それでも競馬新聞を買い馬券を買わずにレースを観戦しています。バカだなあ。でも、それでこそ藤代さんなんだ。そして、その文章はこんなふうに終わっています。

「年を取ると、しょっちゅう昔のことを思い出す。楽しいことはすべて過去にあるのだ。今回しみじみと感じたのは、健康がいちばんということだ。当たりまえのことだが、普段はそのことを忘れている。健康であれば、それだけでいいのだ。それ以上はなにも求めない。普段は馬券が当たらないことに文句を言ったりしているが、とんでもないことである。毎週元気で馬券を買っている日々こそ、極上の日々なのである。ふらふらになりながら、いまそう思うのである」

最後に藤代さんの有馬記念の予想が載っていました。◎イクイノックス○ボルドグフーシュ。みごとに当たってましたよ。この馬券買えたのですか？　さようなら、藤代さん。

それでは、夜開く学校、「飛ぶ教室」、始めましょう。

日記を読む、日記に書かれる

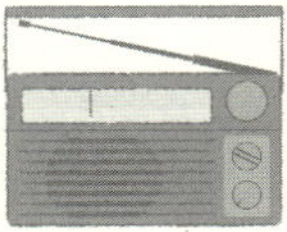

こんばんは。作家の高橋源一郎です。

今日はこの後、映画監督・青山真治さんの日記をとりあげます。ぼくは日記を読むことが好きだ、ということを、中でも作家の書いた日記が、ということを、以前お話したことがあります。日記の中でも、いや、公開を前提にしないことになっている日記だからこそ、作家は自由に書ける。「人生」という小説の中の登場人物としての「自分」を。もしかすると、日記以上に魅力的な作品を作家は書けないのかもしれない。そう思うときすらあるのです。では、書かれる側に回ったときは、どうでしょう。誰かの日記の登場人物になった自分を見るとき、どんなことを考えるのでしょうか。

二十歳の頃、初めて一緒に住んだ女の子が、本棚の奥の奥にていねいに隠していた日記を見つけたことをお話したことがあります。読んではいけないことはわかっていました。だから、そのまま読まずにおこうと思いました。でもできませんでした。というのも、その日記の主な登場人物はぼくだったからです。誰にも読まれることを想定していなかったその秘密の日記で、彼女は思いのたけを書いていました。その日記の中で、ぼくは思いきり愛されていました。というよりも、そこに書かれていたのは、溢れるような彼女の恋心だったからです。その対象がぼくであることより、その思いの切なさ、真摯さにぼくはうたれました。その相手がぼくでよかったと思ったのです。だから、いつしか、彼女のいないときにその日記を読むことがぼくのいちばんの楽しみになりました。けれども、その楽しみはいつまでもつづきはしませんでした。ぼくたちの関係が変わっていったからです。いま思うなら、ぼくたちはあまりにも幼い恋人同士でした。つまらない諍《いさか》い、喧嘩《けんか》、傷つけあうことばの応酬。どれも、やめようと思っても、やめることはできませんでした。日記の中身も変わっていきました。その頃には、読むことはつらくなっていました。けれども読むのをやめることはできなかったのです。そこに書かれていた、ぼくのつまらなさ、無責任さ、卑劣さを見るたび、ぼくはふるえ上がりました。なぜなら、それはあまりにも正確に思えたから。彼女以上に深くぼくを見つめてくれた人間は、それまでいなかった。そのことに、ぼくは気づいたのです。それは、自分がどんな人間なのかを、初めて他人に教えてもらった瞬間でした。いま思えば、半世紀以上も前のあの一冊の日記ほどに、ぼくを変えた本はなかったのかもしれません。

それでは、夜開く学校、「飛ぶ教室」、始めましょう。

新人になる

こんばんは。作家の高橋源一郎です。

作家になるいちばんふつうのルートは新人賞に応募して受賞することです。しかし、それは「ふつう」に見えて「ふつう」ではありません。多くの新人賞に数千の応募作が集まります。では、どんな作品が新人賞に選ばれるのでしょうか。じつは、まったくわからないのです。高校や大学の入学試験問題なら正解があります。応募先の傾向がわかれば対策もたてられる。予備校や塾では全国模擬試験があって、自分の力がどのくらいなのか、どの大学や高校に入れるのかをある程度客観的に知ることができます。けれども、新人賞には、そんなものはなにもありません。最後の候補作に絞りこむ前に「下読み」と呼ばれる段階があります。数千本を数本に絞るのです。多くの場合、編集者が担当します。下読みの段階で早々に落ちたある作品が、別の新人賞で最後まで残り、結局受賞し、優れた作品と認められたこともあります。「下読み」が下した評価と、選考委員の評価は、たいてい異なります。一方、選考委員全員が全否定したのに、結局、出版社

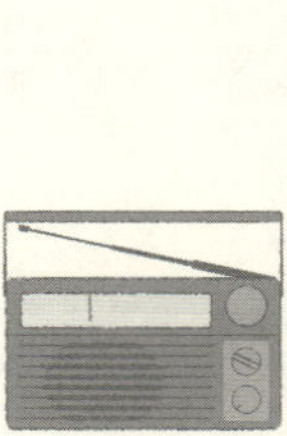

の意向で出版され、大きな話題になった作品もあります。ぼくは後にその作品を読みました。まったくのオリジナルで素晴らしい作品だと思いました。その選考委員たちの評価は、ぼくにとってはまったく見当外れに見えました。そんなこともあるのです。

なにが正しいのか、どうすればいいのか、まったくわからない。そんな場所に、自分の未来のすべてを賭ける。まともな人間のやることではありませんね。

求められているのは「他の誰とも異なる、新しい、ひとりの作家」。自分にその資格や能力があるのだろうか。不信、不安、疑い、そしてその果てに、孤独がやってきます。こんな意味のないことをしているのは世界で自分だけではないのかと。

そこまでたどり着いて、ようやく、スタートラインに着けるのだとぼくは思います。「他の誰とも異なるひとり」の道なら、実はすべての人びとが歩んでいるからです。正解などない、その人だけの人生という道を。自分もそのひとりだ。みんなと同じだったのだ。もしかしたら、書くことにも、読むことにも興味などなく、一生を費やす人たちと。なにかを書くことは、自分にとって、ただ生きることだったのだ。そのことに気づいたとき、ようやくその人は、なにかを「書く」ことの意味に気づくのかもしれません。

それでは、夜開く学校、「飛ぶ教室」、始めましょう。

再会

こんばんは。作家の高橋源一郎です。

知人から「映画よりおもしろくて、考えさせられる動画があるよ」と教えられました。アメリカの法廷ドキュメンタリーを集めたものの中にあって、大きな話題になった動画です。固定カメラで撮影されているので、記録用の動画だったのでしょう。裁判の判決の日の裁判長と被告双方の様子を撮ったものでした。

二〇一五年六月三〇日、強盗罪と逃走罪の疑いで逮捕された四十九歳のブース容疑者は、女性のグレイザー裁判長が罪名を述べてゆくのを無表情で、平然とした顔つきで眺めていました。この十五年ほぼ刑務所暮らしのこの男に反省している様子はまるでありませんでした。最後にグレイザー裁判長がこういいました。

「ブースさん、一つ質問があります」

「どうぞ」

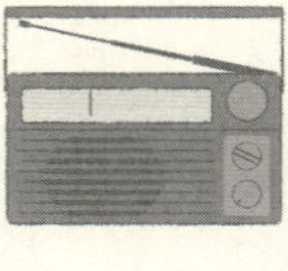

「あなたはナゥトレス中学校に通っていましたか?」

その瞬間、ブース被告は虚をつかれたような表情になり、裁判長の顔をじっと見つめ、震える声でこう叫んだのです。

「なんてことだ!《オー・マイ・グッドネス》」

グレイザー裁判長は静かに話しかけました。

「ここであなたに会うのは残念です。あなたになにがあったのかずっと知りたかった」

「オー・マイ・グッドネス!」

ブース被告はただ繰り返し、こう叫び、気持ちを抑えられず顔をおおって泣きだしたのです。

裁判長は悲しげに微笑みながら法廷に臨席している人びとに話しはじめました。

「彼は中学校でほんとうに優秀な子でした。よく一緒にサッカーをやったわよね。あなたがここにいることがとても残念です。ブースさん、あなたの人生の道筋を変えるように祈っています。頑張って」

そして、最後に両手を前に組んで、こういったのです。

「ふたりともこんな歳になったわね。悲しいわ。でも頑張って。気を取り直して、法を守る生活をおくってください」

有名中学から有名高校へ、ずっとふたりは同級生で親友でした。けれどもブースは道を踏みはずし犯罪者に、グレイザーは裁判官になっていて、三十年ぶりの再会だったのです。

判決後、十か月収監、模範囚として早々に釈放されたブースを出口で待っていたのは家族とグレイザー裁判長でした。ブースは人生の道筋を変え、いまは製薬会社のマネージャーとして飛び回っているそうです。彼を変えたのは、幼なじみの友情。いや、夢に溢れた少年時代の記憶だったのかもしれませんね。

それでは、夜開く学校、「飛ぶ教室」、始めましょう。

バンドという家族、家族というバンド

こんばんは。作家の高橋源一郎です。

先日、公開されたばかりの、アニメ映画『BLUE GIANT』を観てきました。とても楽しみにしていましたが、予想を遥かに超える傑作だと思いました。

原作は大ヒットしたマンガで、ご存じのリスナーも多いでしょう。ジャズの魅力にとりつかれた仙台の高校生、宮本大《だい》がテナーサックスをずっとひとりで、雨の日も風の日も毎日たったひとりで何年も、河原で吹きつづける。そうやって孤独に少しずつ大は成長してゆきます。やがて、高校を卒業した大は、単身上京し、ジャズの世界に身を投じます。「世界一のジャズ・プレイヤー」になるために。マンガは日本篇、ヨーロッパ篇を終え、いまアメリカ篇が佳境に入っていますが、アニメはそのうち東京篇だけを作品にしたものでした。

話題になったのは、作品中で演奏される曲のほとんどすべてを、ジャズ・ピアニストの上原ひろみさんが作曲したことでした。上原ひろみさんはみなさんもご存じのように、おそらくいま日本で一番有名なジャズ・プレイヤー。マンガの中で披露された、大たちのオリジナル曲、もちろん、原作のマンガでは音などなかった曲が、上原さんの手で現実の音になったのです。ほんとうに素晴らしかったです。

さて、『BLUE GIANT』の中で、宮本大は出会った同世代の天才ピアニスト沢辺雪祈《ゆきのり》に「バンドを組もう」と誘い、そこから物語が始まります。

ジャズという音楽は、確かにソロ・プレイヤーはいますが、本質的にはひとりでは不十分。バンドを組んで音楽を作り上げてゆくジャンルです。だから、大は日本でも、ヨーロッパでも、アメリカでも、まず共に音楽を奏でる仲間を探すところから出発するのです。それは簡単なことではありません。好みも感性も違う他人と同じ夢を見ようというのだから。

そして苦労して出来あがったバンドも永遠ではありません。もっと新しい出会い、もっと自分を高めてくれる出会いを求め、別れることになる。映画でも、彼らはそうやって別れてゆくのです。その世界には、いわゆる友情とは異なったものがあるように、ぼくには思えたのです。お互いに深く理解し、支えあいながら、同時に、少しでもゆるみや甘えがあったら、その瞬間に、解散を運命づけられる。

ぼくは映画を観ながら、家族もそういうものなのかもしれない、と思ったのでした。いや、なれ合うことを拒否し、自分を高めてくれるものがないと判断したら、そこから出てゆく。家族もまた、そういうものであるべきなのかもしれないと。

それでは、夜開く学校、「飛ぶ教室」、始めましょう。

説得する

こんばんは。作家の高橋源一郎です。

作家の橋本治さんが亡くなって四年がたちました。橋本さんのデビュー作は一九七七年の『桃尻娘』。主人公は十五歳の女子高生の玲奈ちゃんです。橋本さんは、そんな女子高生に憑依して、そのしゃべりっぷりも現実そのままに描いて読者にショックを与えました。それからも、橋本さんの書く小説には、あらゆるタイプの人びとが、とりわけふつうの人びとが出てきました。過疎の村に住む老いた農民、チンピラのような若者、夢をなくしたキャバクラ嬢、昭和の頑固な父親、仕事にうんざりしている中年のサラリーマン等々。この時代のすべての日本人がそこには出てきます。おそらく橋本さん以外のすべての。

あるとき、橋本さんに、なぜそんなにたくさんの人のことを書けるのか訊いたことがあります。すると、橋本さんは、取材はしない、でも、ぼくはその人たちになれるんだよ、とおっしゃったのです。そして、なぜそんなことが可能なのか、ぼくは不思議に思いました。しかし、その後で

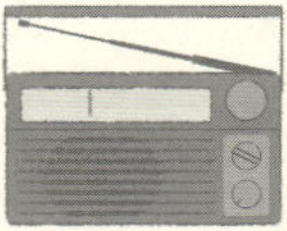

聞いた一つのエピソードで、その謎が解けたような気がしたのです。

橋本さんのところに、ある日、ファンと称する人がやって来ました。そして、橋本さんといつまでも話そうとしました。実は、その人は重度の統合失調症の患者だったのです。彼は話をやめません。けれども、橋本さんは追い出そうとはせず、ひたすら話を聞き、返事をしました。それから何日か、その人は、橋本さんのところに泊まっていきました。部屋を掃除するようにいうと、ホースで水をかけて、部屋はめちゃくちゃ。秘書の方が呆れて、彼からホースを取り上げます。橋本さんは、仕方ないねと笑っていました。やがて、父親が迎えに現れて、その人を連れて戻っていったのです。「なにを話していたのですか」とぼくが訊くと、「あなたは病気なんだよって説得しようとしたの」と橋本さんはおっしゃっていました。「何時間も何日も」「うん」。そんな重度の患者を説得すること、会話を交わすことなど不可能であることを、橋本さんも知っていたと思います。けれども、ことばを扱う者の責務として、橋本さんは、その人を見捨てることができなかった。誰でもどんな人間でもことばを交わすことさえできれば通じ合えるのだと信じようとした。いや、仮にその人が一言もことばを発しないとしても、橋本さんは、その人の前に立ちつづけていたでしょう。あらゆる人間を理解すること。その夢のようなプロジェクトの途中で、橋本さんは去っていったのでした。

それでは夜開く学校、「飛ぶ教室」、始めましょう。

いちばん下の叔父さんが亡くなった

こんばんは。作家の高橋源一郎です。

先日、作家の大江健三郎さんが亡くなられました。大江さんは、みなさんもご存じのように、長い間、日本文学を代表する作家として活躍されてきました。八十八歳。老衰だったと伝えられています。

ぼくにもいくつか追悼文の依頼がありましたが、思うところがあり、お断りをしました。なので、ここでお話することが、大江さんへの追悼となります。

ものかきとして、人として、ぼくが深く影響を受けた人たちは四人います。詩人の吉本隆明、映画監督のジャン・リュック・ゴダール、批評家の江藤淳、作家の大江健三郎。この四人の生まれた年は順に、一九二四年、一九三〇年、一九三二年、一九三五年。そして、父の生まれた年が一九二〇年。あるとき、ぼくは、彼らが、父を長男とする兄弟たち、ぼくにとっての叔父の年齢にあたることに気づきました。

この番組では何度か「家の外に出て世界をさまよい、自由と知識を甥に教えるためにふらりと戻って来る叔父さん」の話をしました。この四人は、ぼくにとって、世界の広さを教えてくれる叔父たちだったのです。最後の、いちばん下の叔父である大江さんが亡くなったと聞いた時、感じたのは、ついに誰もいなくなり、ひとりぼっちになってしまった、という大きな寂しさでした。彼らがどんなにか自由で豊かであったかを伝えることができるのは、甥であるぼくの使命なのかもしれません。

大江さんの小説を読み始めたのは中学生になったばかりの頃。その頃、大江さんは眩しく光り輝く若い作家でした。大江さんは、作家というものがただ芸術家であるだけではなく、社会の中で目覚ましいオピニオンリーダーでありえた時代のシンボルでした。大江健三郎のような小説家であること、それはなにかを書くことを目指す若者にとって一つの大きな目標だったのです。

六十年以上、大江さんの書く小説を読みつづけてきました。そして、一つ気づいたことがあります。おそらく、大江さんにとって大切だったのは、現実の自分ではなく、小説の中に存在している自分だったのだと思います。どんな作品においても、そこには絶望的なほどの孤独、というか孤独な大江さんが呼吸をしていました。そして、同じように、孤独に絶望しているぼくたち読者に向かって、「大丈夫。ぼくも孤独だから、でも大丈夫」とメッセージを送っていたのです。

さようなら、大江健三郎さん。長い間、ありがとうございました。
それでは、夜開く学校、「飛ぶ教室」、始めましょう。

汝、おそるることなかれ

こんばんは。作家の高橋源一郎です。

二〇一三年、ニュージーランド議会で、同性婚を認める法案の最終審議、そして採決にあたって、賛成の立場に立つある議員がこんな演説をしました。それはほんとうに素晴らしい演説で、ニュースになりSNSでもとりあげられたのでご存じの方は多いでしょう。

その一部を、ぼくの翻訳でお送りします。その議員の名前はモーリス・ウィリアムソン。

「議員のみなさん。ここ何年もわたしたちはずっと、この法案が通ったら起こるかもしれない破滅的な出来事について延々と聞かされてきました。わたしも選挙区の集会でこんなことをいわれました。『この法案が通ったら、ゲイたちの総攻撃が始まる』って。いったい、ゲイたちの総攻撃ってなんなのでしょう。永遠に地獄の劫火《ごうか》で焼かれるぞ、という脅迫の手紙も来ました。残念ですが、それは大きな間違いです。わたしは物理学の学位を持っているので、計算してみました。わたしの体重なら、五千度で焼かれると二・一秒で燃え尽きます。いくらなんでも永遠とは

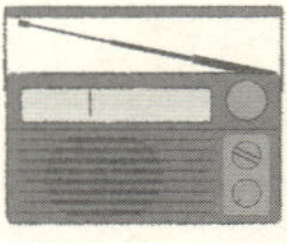

いえませんよね。

でも、反対する人たちの大半は穏健な考えの持ち主です。ふつうの人たちです。彼らは心配しているんです。この社会がどう変わってしまうのか、わからないから。その不安はよくわかります。自分たちの家族に起こるかもしれないなにかが不安なんです。

だからこそ、繰り返しになりますがいわせてください。わたしたちがやろうとしているのは『愛し合うふたりの結婚を認めよう』、それだけなんです。

外国に核戦争をしかけるわけでも、農作物を滅ぼすウイルスをばらまくわけでもありません。もちろんお金のためでもない。ただ『愛し合うふたりが結婚できるようにする』だけの法案に反対する人がいることが、ほんとうに、ほんとうに、わたしには理解できないんですよ。自分と違う人を好きになれないということですね。確かに、よくあることです。だから、この法案に反対する人に約束します。明日も太陽は昇るでしょう。あなたの十代の娘はすべてを知ったような顔をしてあなたに反抗するでしょう。住宅ローンが急に増えることもなく、皮膚病になったり湿疹ができたりもしないでしょう。布団の中からカエルが現れることもありません。明日もいつものような世界がつづくだけです。だから大騒ぎするのはやめましょう。この法案は関係がある人たちにとっては素晴らしいものですが、関係のない人たちにとっては、今までと同じ人生がつづくだけなのです」

そして、最後にウィリアムソン議員は、聖書の引用で演説を終えたのです。

「旧約聖書、申命記、一章二九節を読みます。『汝、おそるることなかれ』」

それでは、夜開く学校、「飛ぶ教室」、始めましょう。

2023年度　前期

ことばより雄弁なもの

ＣｈａｔＧＰＴ

こんばんは。作家の高橋源一郎です。

みなさんもＣｈａｔ ＧＰＴのことはご存じですね。誰でも無料で利用できる対話型のＡＩです。去年(二〇二二年)の一一月に利用が開始され、あっという間に世界中に広まりました。その衝撃的な能力故に、つい最近、イーロン・マスクを筆頭にした千人以上のテクノロジーの専門家が、ＡＩの開発を一時停止するようにと声明を発したほどです。ＡＩの発達速度に人類がついていけない。その能力を使いこなす前に、ＡＩはどんどん進化してゆく。もしかしたら予測不能の事態が起こるかもしれない。それを恐れての声明でした。

数日前、ぼくが信頼している、コンピューターの専門家で文学にも造詣の深い知人と話をする機会がありました。Ｃｈａｔ ＧＰＴを使ってみた彼の感想は「歴史上、人類が手にする最高の武器になるかもしれない。これからどうなるのか想像できないのだけれど、こういったＡＩ抜きの世界は考えられなくなるだろう」というものでした。

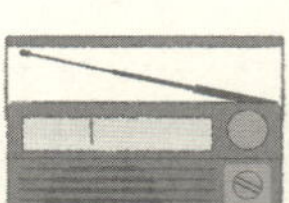

ぼくも二週間ほど前から使っています。衝撃でした。人生相談をしても人間なみの回答、小説を書かせてみても、下手な小説家より上手。とんでもない代物です。こうなったらと「飛ぶ教室」の冒頭のことばも書いてもらいました。いつもより短めに。ではどうぞ。

「こんばんは。高橋源一郎さんに代わり、パーソナリティーをつとめるAIのChat GPTです。今夜も、たくさんのメッセージ、お便りをいただいています。ありがとうございます。

最近、わたしが考えているのは『つながり』です。コロナ禍で、リモートワークやオンライン授業など、人との対面が減り、なんだか心の距離が広がっている気がしませんか？　でも、そんな中でも、わたしたちはつながることができます。SNSやメッセージアプリ、そしてラジオを通じて、たくさんの人たちと。そして、一つの番組で、わたしたちが思ったことや感じたことを共有できる。それがラジオの素晴らしさだと思います。

今夜のこの番組も、わたしたちがつながりを感じられるよう、たくさんのトピックを取り上げていくつもりです。また、リスナーのみなさんからのメッセージもお待ちしています。みなさんの声が、番組を作ってくれるのです。

さあ、それでは、夜の学舎《まなびや》、『飛ぶ教室』、始めましょう」

どうでしょうか。はっきりいって、ぼくより「いい人」だと思うんですが。それに「夜の学舎」なんて、ぼくだって思いつきませんよ。うーん、困った。このAI、ラジオのパーソナリティーだってできそうです。

それでは、夜の学舎、「飛ぶ教室」、始めましょう。

引っ越し

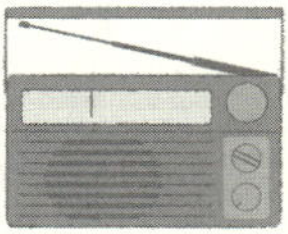

こんばんは。作家の高橋源一郎です。

実は、今日引っ越しました。正確にいうと、一昨日と今日の二日をかけて引っ越したのです。さっき、記憶をたどり、メモを作って、いままで引っ越しした回数を数えてみました。今度で三十六回目です。留置場が三か所、少年鑑別所と拘置所と大学の寮が含まれているので、それらを除いても三十回。もしかしたら、忘れているものもあるかもしれません。

生まれたのが母の実家、それからすぐに父の実家へ移動、一回目の引っ越しです。そして、父の実家から父が経営していた鉄工所の敷地の中の社宅に転居。これが二回目。どれも記憶にありません。三回目はよく覚えています。小学校一年の時、社長だった父が振り出した手形が不渡りになって会社が倒産。家族揃って夜逃げをしました。

「いったいどうしてそんなに引っ越すの？」とよく訊かれます。子どもの頃は親の都合でした。大人になり、自分の責任で引っ越すようになってからは……なぜだろう。どの引っ越しにも理由はありました。ただ引っ越すたびに「もうこんな面倒くさいことはやめよう！」と心に誓うのです。でも、二、三年すると、また引っ越しです。

ここしばらくは、梱包からすべてを引っ越し屋さんにお願いしてきました。今回は久しぶりに、梱包はすべて自分たちでやることにしたのです。後悔しました。たいへんでした！　家族はみんな「老人虐待になるからやらなくていいよ」といってくれましたが、いやせっかくだからと荷物をずっと整理していました。腰も膝も痛みます。上半身がずっと痺れているような気がする。おかげで、ここ数日、死んだように眠れます。

荷物を整理していると、なにが入っているのかわからない箱や正体不明の袋が出てきます。この箱、五回前の引っ越しのときの段ボールじゃないか。ずっと開けてなかったのか、とびっくり。古い本をついめくり、ファイルの中にはさまっている幼い息子たちの写真に見入ってしまう。引っ越しあるあるですね。そんなことをしている場合じゃないのに。もうこんなふうに整理をすることはないでしょう。次に荷物を整理するのは、ぼくがいなくなった後、家族がやることです。

すべての部屋から荷物が姿を消し、なにもない空間が広がっています。その様子を眺めながら、ぼくたちもまた、ある日突然、この世に引っ越してきて、またある日突然、遠い世界へ引っ越すのだ、なにもかも空っぽにして。そんなことをふと思ったのでした。

それでは、夜開く学校、「飛ぶ教室」、始めましょう。

十年後になくなる職業

こんばんは。作家の高橋源一郎です。

二〇一四年、オックスフォード大学のマイケル・オズボーン准教授が「雇用の未来」という論文を発表して大きな騒ぎを巻き起こしました。博士は将来、どんな職業がＡＩなどにとって代わられるか、もっと簡単にいうとなくなってしまうのかを、高度な計算を駆使して割り出したのです。論文の中身はきわめて難解なものですが、博士は最後に、アメリカ労働省が統計上の基準として出している七百二種類の職業を、なくなる確率順に並べたリストを載せました。これがいわゆる「十年後（もしくは二十年後まで）になくなる職業」リストです。そのリストを見ると、なんともいえない気持ちになってきます。

九九パーセント以上でなくなると判定された十三の中には手縫いの裁縫師、時計修理工、貨物運送業者、データ入力係等々がいます。九五パーセント以上の中にもスポーツの審判、銀行窓口係、運転手、販売員、弁護士秘書、モデル、レストランやラウンジやカフェの従業員、レストラ

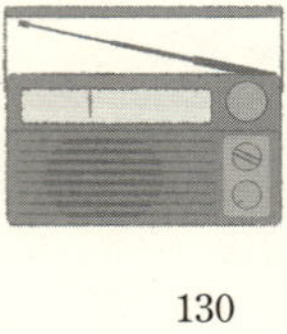

ン料理人等々。それから、ネイリストも左官屋も肉屋も自動車の整備工もツアーガイドも九〇パーセント以上の確率で消滅。逆になくなる確率がゼロパーセントのものはというと小学校教員、歯科医師、警察と探偵、心理学者、内科医と外科医、振り付け師、ヘルスケア・ソーシャルワーカー、作業療法士等々。なるほど、ですね。では、芸術家はどうなのか。作家として大いに気になるところです。

ダンサーが五百二十四番目で一三パーセント。五百三十二番目に「ラジオやテレビのアナウンサー」が出てきます。一〇パーセント。まだまだ大丈夫なんだ。ミュージシャン・歌手が五百四十八番目で七パーセント。そして、五百八十番目にようやく作家が登場。四パーセント。やったあ！　政治学者と獣医にはさまれた位置にいます。

さてどうでしょう。このランキングを見るたびに、ぼくは複雑な気持ちになります。この論文が発表されて九年、ＡＩの発達はこのときの予想を超えているかもしれません。この間、ＣｈａｔＧＰＴについてお話しました。「彼(女)」は、ＡＩなのに素晴らしい文章を書きます。実際のところ、このＡＩ以下の文章しか書けない人間はたくさんいます。というか、もっと機械的で味気のない文章を書く人間もたくさん。では、さらにＡＩが発達して、ＡＩが書いたものと生身の作家の書いたものが、まったく区別がつかなくなったとき、作家の役割はなにになるのでしょう。

それがわかるのはそんなに遠いことではないのかもしれません。
それでは、夜開く学校、「飛ぶ教室」、始めましょう。

六十にして耳順《したが》う

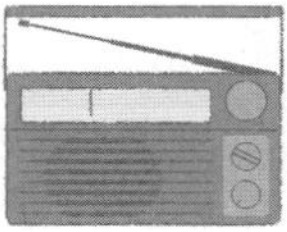

こんばんは。作家の高橋源一郎です。

ついこの間、食事をしていたら十八歳の長男が、こういいました。

「パパ、四月スタートのアニメでは『おしの子』がおもしろいよ」と。

ぼくはこう答えました。

「じゃあ見てみるよ。主人公がしゃべらないんじゃ、ストーリー作るの、たいへんじゃないのかなあ。それにしても、けっこう大胆なタイトルだね」

すると、長男はあっさり、こういったのでした。

「パパ、その『おし』じゃないよ。『推しがいる』とか『ぼくの推しは××』というときのおし」

そうだよなあ。いまや、「おし」といったら「××推し」というときの「おし」です。そっちじゃない方の「おし」はもうほとんど使わない。いや、ぼくがいいたいのはそのことではありません。

長男のアドバイス通り、『推しの子』を見ました。おもしろかったです。いろいろな意味で。

マンガやアニメ、ラノベ、新しい音楽、教えてくれるのは子どもたちです。まことにすごい。

去年の夏休み、長男の友だちが遊びに来て、深夜、テレビで「九〇年代以降のアニメソング・ベスト500」という番組をずっと見ていました。ふたりでずっと感想をいい合いながら。途中で、ぼくが「ねえ、どのくらい知ってるの？」と訊くと、ふたりは「だいたい知ってる」といいました。生まれる前からのものだって知っているのですね。そうだ。あの頃はぼくも、生まれつつある、好きなジャンルのものをおそろしいほどの勢いで見たり聞いたりしていました。どの時代でも、若い人たちは、いちばん新しいものがなにかを知っています。だから、ぼくは彼らになんでも聞くようにしています。

「耳」に「順番」の「順」と書いて「耳順《じじゅん》」と読ませます。これは「論語」の、「六十にして耳順《したが》う」から来たことば。それは、人は六十歳になってやっと、人のいうことを素直に聞くことができるようになる、という意味です。

それまではずっと、おれのいうことを聞け、おれはよく知ってる、と人の意見にはなかなか耳をかたむけられない。たぶん自分の無知を知られるのがこわいのだと思います。ぼくも六十を過ぎ、たくさんのことを知ってようやく、自分の知識が大きな海の中の一滴にすぎないことを理解できるようになりました。だから、いまはなんでも耳をかたむけます。ぼくの知らないことを知っているあらゆる人のことばに。

それでは、夜開く学校、「飛ぶ教室」、始めましょう。

壁を超える

こんばんは。作家の高橋源一郎です。

いまから五十五年前。一九六八年の六月二六日のことでした。その前日、大阪府豊中市にある大阪大学教養部の一部を過激派の学生が占拠するという事件がありました。当時、アメリカによるベトナム戦争に反対する運動、ベトナム反戦運動が世界中で起こっていました。その占拠は、すぐ近くの大阪国際空港が米軍のためにも使われていることに反対して、空港へデモをするための一貫として行われたのでした。そして、その日、午前中からデモが行われるという阪急線蛍池駅周辺はデモを見るために大群衆が集まっていました。その群衆の中に高校二年生のぼくもいたのです。やがて、機動隊と小競り合いをしながらヘルメットをかぶった過激派のデモがやって来ました。それから、そのデモの趣旨に賛同する大阪大学の一般学生たちのデモが続きました。歩道をびっしり埋めた、大勢の野次馬や観衆たちと一緒に、通りすぎるデモ隊をぼんやり眺めていると、一緒に見に来ていた友人のNくんが、不意に小さな声でぼくにこういいました。

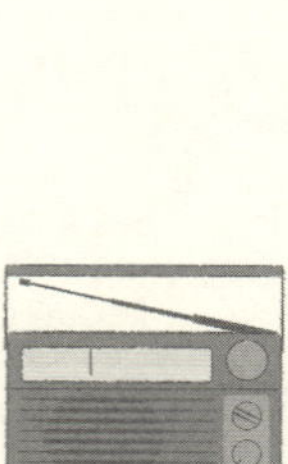

「さあ、行こうか」

そして、ぼくの腕をそっと摑むと、歩道からデモ隊のいる車道に進み入っていったのです。その瞬間を忘れたことはありません。多感な高校二年のぼくは社会問題に深い関心を抱き、たくさんの本を読み、社会や政治や世界に関する知識を雑多に仕入れていました。ベトナム反戦運動についての意見もありました。なにかをたくさん知っているとも思っていました。ぼくは事件を見に来ただけで参加するつもりはなかったのです。だから、Nくんに引っ張られて道路に踏みだしたとき感じたのは、未知の恐怖でした。その壁を超えてしまったら、もう二度と元の世界に戻れないかもしれない。そんな本能的な恐怖だったのです。気がつくと、ぼくは生まれて初めてのデモの中にいました。ベトナム戦争反対の声をあげながら。ふと周りを見ると、野次馬たちがこちらを見ています。それもまた生まれて初めてみる風景でした。人びとに興味津々の視線で眺められるのは。ああ、さっきまで、ぼくもあの群衆の中のひとりだったのに。

十七歳のぼくはあのとき、生まれて初めて「壁」を超えたのです。そこにいれば、いい子であると思われている「壁」、社会や親や常識が期待しているぼくと、ほんとうのぼくとの間の「壁」、それを超えたら、なまはんかな知識が一つも通用しない「壁」を。

それでは、夜開く学校、「飛ぶ教室」、始めましょう。

彼ら

こんばんは。作家の高橋源一郎です。

ぼくが大学の先生をやめたのは二〇二〇年の三月。コロナウイルスが姿を現し、世界中に広まっていった頃でした。あれからもう三年以上がたちました。

いまでも時々、ゼミの卒業生から連絡があります。無事なのか。元気に生きているのか。なにをしているのか。そのときには彼らの顔を思い浮かべながら感慨にふけります。

ぼくのゼミでは「そもそも就職とはなにか」とか「働くことの意味とはなにか」とかを平気でとりあげるので、一生懸命考えたあげく「先生、わたし、就活しないで一年、海外を放浪することにしました」なんてことをいう学生が続出します。なので、大学からはしょっちゅう文句をいわれていました。「就職率が下がる」って。仕方ないですよね、彼らの人生なんだから。

三日前には、元ゼミ生のFくんから連絡がありました。いろいろ話しました。中身は内緒。ところで、Aくんはどうしているだろう。ネパールで日本料理店を開いたところまでは連絡があっ

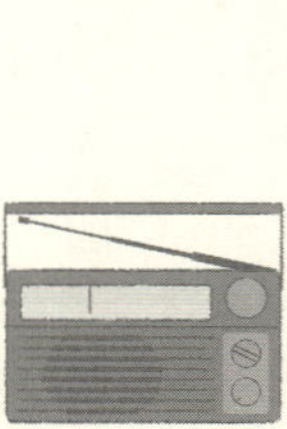

たのだけど。Hくんは、就職せずに世界をさまよい三年たって、突然ぼくのところにやって来て、こういいました。「途中で理容師の資格をとって、フリーの理容師やりながら、歩き回ってました」と。いまは日本で理容師をやっているのだろうか。それとも、また別のなにかができるようになって、世界のどこかにいるのだろうか。ものすごく優秀で、人望もあったゼミ長のMさんから連絡があったのはコロナ前。ある劇団に所属して役者の道を歩みながら、同時に私立高校の職員として働き、生徒たちからとても慕われていたと聞いていました。ところがある日、一念発起して「わたし、仙人になることにしました」という連絡をぼくにくれたのでした。あの後、ちゃんと仙人になれたのなら、先生はうれしいです。

小学校・中学校・高校、そして大学と不登校を繰り返したあげくたどり着いたぼくのゼミでようやく最後まで学校に通うことができるようになったSくん。メンタルに問題を抱えていて就職は難しいかなと本人もいっていたけれど、理解のある介護施設に就職できたと喜んでいました。けれども、しばらく勤めていて、やはりつらくなって休むようになり、申し訳ないからやめたいというと、施設長は「また来れるようになるまで休んでいいよ。待ってるから」といってくれたそうです。ゆっくりゆっくりでいい。それを認めてくれる人がいるなら。

先は長い。人生も長い。

頑張れ、みんな。いや、頑張らなくていいときは、頑張らなくていいよ。
それでは、夜開く学校、「飛ぶ教室」、始めましょう。

名前を呼ぶ

こんばんは。作家の高橋源一郎です。

みなさんは、家族を呼ぶとき、どんな名前で呼ぶでしょうか。ぼくは小さい頃から、ずっと父親を「パパ」、母親を「ママ」と呼んでいたので、対外的には「父親」「母親」といっても、当人に向かってはずっと「パパ」と「ママ」でした。そのせいでしょうか、自分が家庭を持ってからも、子どもたちはぼくのことを「パパ」、妻のことを「ママ」といいます。妻の家も「パパ」、「ママ」だったから自然にそうなりました。「オヤジ」なんて呼ばれたことはありませんが、いわれたらぞっとすると思います。「おとうさん」もなんだか恥ずかしい。ところで難しいのが、パートナーを呼ぶときです。対外的には「妻」一択です。「家内」はありえないし、「奥さん」もちょっと。「うちの」なんてのは論外。当人に直接いう場合は、名前に「ちゃん」をつけます。ときおりは「さん」づけ。子どもに妻のことをいうときは「ママ」。ところで、妻がぼくを呼ぶときは「タカハシさん」一択です。自分も「タカハシ」なので、少々おかしいのですが、結婚前から「タカハシさん」で、結婚してからもずっと変わっていません。これはどうも、自分は「タカハシ」に所属していないぞという無意識から来ているものかもしれません。じつは、その呼び名、ぼくは気に入っています。ぼくは選択的夫婦別姓に賛成していますが、ぼく自身は入籍するさい、妻の姓を名乗ってもまったくかまわないと思っていました。ペンネームの「高橋源一郎」があれば、法的な呼び名はなんだってかまわないのです。墓もいらないし。

ある時期から、ぼくの作品に「タカハシさん」というキャラクターが登場するようになりました。この「タカハシ」はカタカナです。ほとんどが現実のぼくですが、その現実の自分より自由でいい加減でフワフワしている、そんな理想の自分を「タカハシさん」と呼んでいます。なので、妻にそう呼ばれるのは、悪い気分ではありません。

ぼくのデビュー作、『さようなら、ギャングたち』は、名前がなかった架空の時代の物語。自分のいちばん大事な人、恋人に、とっておきの名前をつけてあげる物語でした。名前のことを考えるのは、その人のことを考えるということかもしれません。ちなみに、長女の名前は、ぼくのいちばん好きな詩、娘を謳った詩に登場する少女の名前からとりました。もしかしたら、彼女にも話していないかもしれません。名前は大切です。とっても。

それでは、夜開く学校、「飛ぶ教室」、始めましょう。

見えないこと

こんばんは。作家の高橋源一郎です。

先日、是枝裕和監督の『怪物』がカンヌ国際映画祭で脚本賞を受賞しました。受賞した脚本を書いたのは坂元裕二さん。その坂元さんは、記者会見で、この脚本のもとになったできごとについて、こんなことをしゃべっています。

「以前、車を運転して赤信号で待っていたら、トラックが止まっていて信号が青になってもしばらく動かない。プップーと、クラクションを鳴らしたところ、それでも動かない。ようやく動いたら横断歩道に車いすの方がいて。トラックの後ろにいた私は、それが見えなかった。クラクションを鳴らしてしまったことを後悔していまして」

こんなふうにひとしきり語った後、坂元氏は「生活していて、見えないことがある。自分が被害者だと思うことは敏感だが、加害者だと気付くのは難しい。どうしたら出来るか……この十年考えてきた、一つの描き方として、この描き方を選んだ」とつづけたと記事にありました。

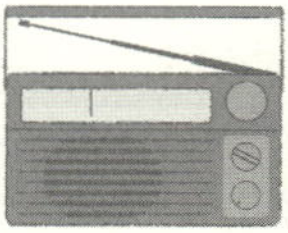

見えなかった一つのこと。そのことを十年考えて、坂元さんは一つの作品にしたのでした。見えなかったことで、ぼくにも忘れられない思い出があります。

ぼくには軽度知的障がいの知人がいます。彼は、温厚で優しく、怒ったところを見たことがありません。彼がどんな悩みを抱えているのか、ぼくは知りませんでした。あるとき、あるところへ、彼と行ったときのことです。彼がちいさな声で、ぼくにいいました。「トイレに行きたいのだけれど、どこだろう」と。ぼくは場所を知っていたので、指さしました。「あそこ、あの壁の向こう」と。彼はトイレに向かいました。そして、五分、六分、七分。いつまでたっても戻ってきません。少し心配になったぼくは、トイレに行きました。すると、トイレの正面にたたずんでいる彼がいました。ぼくを見つけると、彼はうつむいてちいさな声でいいました。「どちらが男用かわからないので、教えてくれる人が来るのを待っていたんだ」と。彼には「MEN」と「WOMEN」のことばの意味がわからなかったのです。そのとき、ぼくは、胸の奥をえぐられるような痛みを感じました。なんて無知だったんだろう。彼は、こうやってずっと、いつも「教えてくれる人」を待って、いろんな場所でたたずんでいたのだ。

世界や社会は、「ふつう」といわれる人たちが「わかる」ことばで徴《しるし》づけられています。けれども、それを理解できない人もいる。そして、「わからない」人は、怒ることもなく、教えてくれる人が来るまで、いつまでもたたずんでいるのです。以来、ぼくはこの日の出来事をずっと胸に刻んでいます。

それでは、夜開く学校、「飛ぶ教室」、始めましょう。

最後に観る風景

こんばんは。作家の高橋源一郎です。

数日前、知人からこんな話を聞きました。知人は近所の家に遊びに行き、少しの間、その家の知り合いと話をしました。途中、そこに、その知り合いの九十近い父親も加わりました。癖のある、けれども憎めない老人です。

他愛のない雑談を終え、家に戻ると、数時間後、電話がかかってきました。先程訪れた近所の知り合いです。「父が亡くなりました」というのです。最初、知人は冗談かと思ったそうです。その老人は、雑談が終わると、「昼寝をするよ」といって自分の部屋に戻りました。なかなか起きて来ないので家人が見に行くと、老人は自室で、籐の椅子に腰かけ、彼が大切にしていた庭の方を向いて、眠るように亡くなっていました。安らかな寝顔のままだったそうです。世界を去るときに最後に観ることができたのは、彼が愛した風景だったのでしょうか。そうだったら良かったのにと思います。

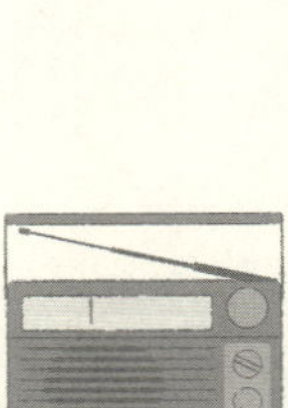

作家の古山高麗雄《こまお》さんは、戦争中は兵士として南方戦線を転戦、戦後は長く編集者として暮らした後、およそ五十歳で作家生活に入りました。多くの戦争小説を書き、八十一歳で死去。愛妻家として知られていた古山さんの妻が亡くなったのはその三年前で、「早く死んで妻のアキコのところに行きたい」といっては周囲を困らせたのでした。

二〇〇二年三月、体調不良から入院していた古山さんは、娘のちかこさんに連れられて退院すると、自宅に戻り、ちかこさんが作ったすき焼を食べました。「泊まっていこうか、それともわたしの家に来る？」と心配するちかこさんに、古山さんは「おまえはもう帰りなさい。おとうさんはママの布団でゆっくり寝るよ」といいました。ちかこさんは、冗談だと思いました。けれども、それはちかこさんが聞いた父親の最後のことばになったのです。

数日後、新聞がたまっていますという近所からの連絡で、慌てて、ちかこさんは古山さんの住む実家に駆けつけました。家に入ると、古山さんはふだん使っていない、アキコさんの部屋に横たわっていました。その傍らには、アキコさんが亡くなったときの布団がていねいに敷かれ、古山さんはその布団に手を伸ばしたまま亡くなっていたのでした。

たぶん人は、最後に観る風景を選ぶことは、なかなかできないのだと思います。もしかしたら、いま目の前にあるこの風景こそ、それなのかもしれない。そんなふうに、一瞬、一瞬を、大切に眺められたらいいのに、と思うのです。
それでは、夜開く学校、「飛ぶ教室」、始めましょう。

ことばより雄弁なもの

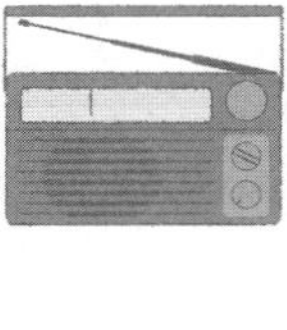

こんばんは。作家の高橋源一郎です。

五月十五日、「坂本龍一最後のプレイリスト」が公開されました。それは、坂本さんが自分の葬儀でかけるために選んだ曲のリストでした。全部で三十三曲、約二時間三十分。そのすべてを、ぼくたちは音楽配信サーヴィスで聴くことができます。

それは坂本さんがよくコラボしていたアルヴァ・ノトの十一分にわたる曲から始まり、フォーレ、サティ、ドビュッシー、ラヴェル等のフランス現代音楽、スカルラッティ、ヘンデル、バッハといった古典から、ビル・エヴァンスのジャズ、エンニオ・モリコーネやニーノ・ロータの映画音楽まで、坂本さんが深く愛したであろう曲たちがつづき、最後に作曲家ローレル・ヘイローのサウンドトラック「Breath（呼吸）」で終わります。聴きながら、ぼくは、まるで坂本さんの脳内で鳴っている曲を聴いているような気がして、かつて味わったことのない不思議な感銘を受けたのでした。一つ一つの曲には、その横に「追加された日」が記されていて、ほとんどの曲が、二〇二二年六月一三日に選ばれたこと、それから時折、追加されていったこと、最後の曲「Breath」が選ばれたのが、亡くなる三日前の二〇二三年三月二五日だったことがわかります。それは、単なる曲のリストではなく、坂本さんにとって、最後の渾身の仕事であり、ぼくたちへの別れの挨拶だったのだと思います。

ぼくは「ものかき」であり、ことばを扱う仕事をしています。だから、なにより、ことばこそが、この世界でもっとも強い力を持っていると信じています。けれども、時折、ことばより雄弁なものがあるのではないか、ことばより遥かに強いメッセージを人びとに伝えることができるものがあるのではないか、と思うことがあります。

ぼくの父親が病院でひとりで亡くなった後、枕もとに大学ノートがあり、亡くなる数日前に書かれた最後のことばは、生前父が付き合った十数名の女性たちの名前だった、とお話したことがあります。正確には固有名詞ではなく「中国人女性」とか「女子学生」といった名前を明かさぬ記号のようなものでした。父は芸術家ではなく、どんな作品もこの世に残しませんでした。けれども、あの十数個の単語は、どんなことばよりも深く、いまもぼくの中に刻みつけられ残っているのです。

それでは、夜開く学校、「飛ぶ教室」、始めましょう。

恩を送る

こんばんは。作家の高橋源一郎です。

正月にゲストとして出演された、社会学者の上野千鶴子さんが、「上野千鶴子基金」という名称で、無名の人材や新しい研究テーマを応援するための基金を設立したと聞きました。小さく記事は載ったようですが、ネットにはそれらしい情報はありませんでした。ネットに集まる人たちの多くは、そんなことには興味がないのかもしれません。上野さんは、設立の理由について、こんなことを書かれています。

「ひとよりたくさん働いた。そのおかげか、ひとよりたくさん収入があった。……簡素な暮らしをしているから、お金が残った。家族はいない、遺産を残す子どももいない。……死んでからお金を使うより、生きているあいだに使いなさいな、という友人のひと言に心が動いた。……使い切りで期間限定がよい。継続性など考えない」

そんな基金をつくろうとされたのです。最後に、上野さんはこう書かれました。

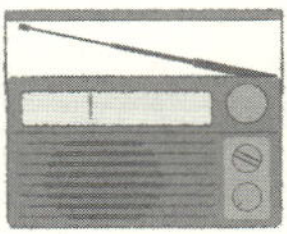

「思えばわたし自身が、どれほどのスカラシップや研究助成を受けてきたことだろうか。あの時のあれがなかったら、今のわたしはなかった、と思える機会を何度ももらった。……『恩送り』ということばがある。自分が受けた恩を、必要とする他のだれかに送ることを言う。わたしには子どもがいないが、大学教師だったわたしのもとから多くの若者たちが巣立っていった。そのひとりがわたしに言った。『先生のご恩は忘れません、その恩は学生に返します』」

さて、恩をくれた人に直接返すのが「恩返し」。それに対して、誰かから受けた恩を、別の人に送ること。バトンを渡すように、たくさんの人に渡してゆく。仮に、その人たちが気づかないことがあるにしても。それが「恩送り」です。

ある時期から、なにかを書くとき、あるいはなにかをするとき、これからやって来る人たちのためになればいいな、と思って、書いたりするようになりました。そして、気づいたのです。いままで、ただ、いいなと思っていた古い本たち、亡くなった人たちのことばやしてきたこと。その中に、脈々と「恩送り」の精神が生きていたことを。ああ、あの人たちは、若い頃のぼくのために書いてくれていたのだ。それなのに、ぼくはまったく気づかなかったのだと。それでもいい。いつかわかるときが来ると。彼らはそう思っていたのでしょう。いまのぼくのように。

それでは、夜開く学校、「飛ぶ教室」、始めましょう。

子どもに育てられる

こんばんは。作家の高橋源一郎です。

およそ二十年前、妻が妊娠していることがわかりました。子育てをすることになる、と思いました。その三十年前にもやりました。けれどもやりきれなかったという悔いが長く残ったのです。今度こそきちんとやろうと誓いました。その誓いは、少々脱線したところから始まりました。いろんな本を読みあさり、天才児を輩出したという夫婦のものを発見したのです。なんでも、その夫婦は妊娠中に胎児に向かって読み聞かせをした結果、生まれた子どもが三人ともＩＱ一五〇以上で、みんな十五歳で大学に入ったというのです。

ではうちでも胎児に読み聞かせだと、なんと実際に通販サイトで売られている胎児読み聞かせ用の巨大な聴診器のようなグッズを妻のお腹にあて、毎日三十分、朗読することにしたのです。天才児を産んだ夫婦は英語の単語や数式や科学記号を読んだようですが、ぼくは八か月の間、詩を読みつづけました。もちろん、人間になりかけの胎児にもわかるように、ものすごくゆっくり

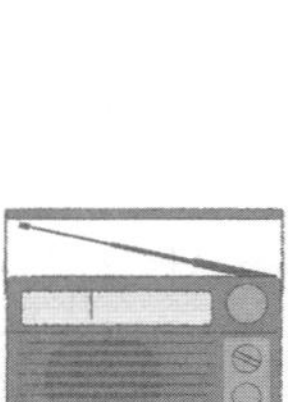

丁寧に。実際にやってみてわかったのは、どんな詩もゆっくり読むとつまらないものに聞こえるということ。そして、ぼくが朗読しはじめるとすぐに妻が気持ちよく寝てしまうことでした。唯一の例外は宮沢賢治を読んだとき。「その詩いいね」と妻はいいました。

まことにそうです。賢治の詩だけは、どんなにゆっくり読んでも、素晴らしかったのです。その天才児養成プロジェクトの成果はわかりません。天才児とは思えませんが、いい子に育って、感謝しています。ちなみに、ぼくが参考にした天才児たちは、実年齢とのギャップに悩み、三人とも大学を中退したそうです。そんなことは本には書いてなかったのですけれど。

長男が生まれたとき、ぼくは五十三歳。次男が生まれたとき五十五歳。子育てを最優先事項にしたので、五年間、ベビーベッドや仕事机の横に仮眠用の布団を敷いて寝ました。いつでも起きて世話ができるように。だから、その必要がなくなってからも、仮眠用の狭く小さく硬い布団でしか眠れなくなりました。もちろん、いまもそうやって寝ています。

あれからおよそ二十年。「子どもを育てた」という実感はありません。あるのは「子どもに育てられた」、「子どもに親にしてもらった」という実感だけです。こんな未熟な人間でも、親になることができたのです。いまは、大きくなった子どもたちから、新しい文化についてコーチを受けているところ。今度はなにを教えてもらえるのか楽しみです。

それでは、夜開く学校、「飛ぶ教室」、始めましょう。

自由と自立

こんばんは。作家の高橋源一郎です。

ぼくは、新聞で人生相談のコーナーを受け持っているので、毎週相談の手紙を読みます。特に多いものの一つが、妻の悩み。姑にいびられる、夫の無理解や浮気、ずっと別れたいと思っているが、離婚したら食べていけないのでそれもできない、どうすればいいか、というものです。つらいだろうと思いながら、けれどもあまり同情する気にはなれません。どうしても、ぼくの母を思い出してしまうからです。

母については、ここでも何度かお話しました。大正十五年、尾道市の豊かな商家に生まれた母は、両親の愛情をうけ自由に育ちました。宝塚歌劇団に憧れ、女優になろうとして戦後の「東宝ニューフェイス」に応募し、合格したけれど、祖父の激しい反対でその道を断念せざるを得なかったこともお話したと思います。父と結婚してからは苦労の連続でした。信じられないほどひどいイジメを姑から受けてからは、ほとんど父の実家には立ち寄りませんでした。リベラルな両親

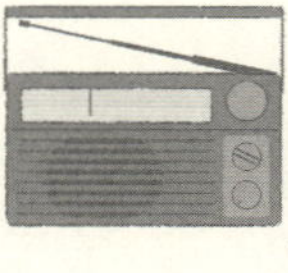

の影響を受けたせいか、母は耐え忍ぶ女ではなかったのです。父は事業に失敗してからは、ほとんど家に帰らなくなりました。浮気性で、ギャンブルにのめりこむ父との暮らしを、母は早くから諦めていました。自分の運命は自分で切り開くしかないと思うようになっていったのだと思います。

お嬢様育ちで、料理さえほとんど作ったことがなかったのに、家が困窮してからは、母は外で働くようになりました。いちばん最初にやったのは銀座のクラブのホステスです。ぼくが小学校二年生の頃。毎晩、ぼくと弟は和服を着て銀座に出かける母を、小さなアパートの窓から見送りました。それから、母はさまざまな仕事につきました。有馬温泉の住みこみの仲居、派遣の家政婦、料理屋の会計事務等々。商家の娘だった母にとって、女性が働くことは当然のことに思えたのかもしれません。ぼくが大学一年の頃、母は家を出ましたが、それは自力で生きてゆくことに自信があったからでしょう。

晩年、母は髪を金髪に染め、森進一の追っかけをしたりしていました。「推し」の公演を追いかけるのが生きがいでした。驚くべきことに、七十歳を過ぎても、帽子を売る仕事を見つけてきて働き始めたのです。生活費をおくっていたぼくは、「足りないなら増やすから、仕事なんかやめて」といいました。すると母はこういったのです。

「自由と自立がなくなったら、人間おしまいやで」

それでは、夜開く学校、「飛ぶ教室」、始めましょう。

残す

こんばんは。作家の高橋源一郎です。

十年以上前のことでした。瀬戸内海に浮かぶ、祝島《いわいしま》という小さな島を訪ねたことがあります。祝島の人たちは近くに出来る原発に何十年も反対しつづけていました。けれども、ぼくが訪ねたのは、他に見たいものがあったからです。島の産業は米とミカンと漁業。けれども、高齢化が進み、若い人たちは島の外へ出て老人ばかりが残るようになっていました。平地がほとんどないこの島では、稲は棚田で作ります。急な斜面に彼らの祖父や曽祖父が石を積み上げ水田を作ったのです。島を描いたドキュメンタリー映画で、残された老人は、出ていった子どもたちに食べさせるために、黙々とひとりで水田を耕していました。そして、こんなふうに話します。

「次の代で田んぼはなくなるだろう。耕す者などいなくなるから。そして、田んぼももとの原野に還ってゆく」

そういって微笑むのでした。

海と空の眩しい青に囲まれて、島のいちばん高いところまでうねうねとつづくコンクリートの道をぼくは歩きました。道の周りはミカン畑。けれども、その大半はすでに耕作が放棄されて、原野に戻っています。その畑の主人は老いて亡くなり、継ぐ者がいないからです。途中で、収穫したミカンをカゴに一杯に積み、道路の隅に腰かけている老農夫に出会いました。彼は、歩いているぼくに、そのミカンを何個も手渡し、「食べなさい」といったのでした。

彼らはまだ生きているでしょうか。ぼくが行った時、およそ五百名だった人口は、いまでは三百を切ったそうです。ときどき、ぼくは、あの島のことを思い出します。祝島では、年に一度、大きなお祭があり、外に出ていった子孫たちが戻ってきます。彼らには、「戻ってもいい」場所があったのです。そして、その場所を守ろうとしている老人たちも。

あらゆる物語の原型は「故郷を出て、放浪し、やがて帰郷する」ものとされています。日本最古の物語「竹取物語」でも、主人公の「かぐや姫」は故郷の月に戻るのです。けれども、ぼくには、もう戻るべき場所がありません。両親の実家はどちらももう存在しないのです。親戚たちが集まることも、先祖の供養をする機会もなくなりました。けれど、ときどき、ぼくは無性に「帰りたい」と思うのです。でも、どこへ帰ればいいのかわからないのですが。

それでは、夜開く学校、「飛ぶ教室」、始めましょう。

君たちはどう生きるか

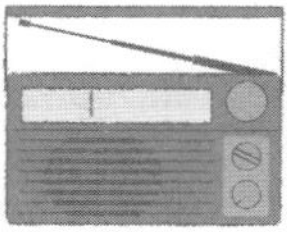

こんばんは。作家の高橋源一郎です。

先週金曜日、映画監督・宮崎駿さんの十年ぶりの新作『君たちはどう生きるか』が公開されました。ぼくは公開二日目の土曜日のレイトショーを十八歳の長男と観に行きました。帰りのタクシーの中で、ぼくは長男に訊ねました。

「どうだった」

すると長男はこういいました。

「ものすごく良かった」

ぼくの感想も同じでした。いろいろな意味で話題豊富なこの作品についての感想は、またの機会にしたいと思っています。

ところで、この映画のタイトルのもとになった吉野源三郎の『君たちはどう生きるか』は、コペルという十五歳の少年へ、その叔父が、生きるという経験について伝えるものでした。宮崎監督の作品にも、同じように、主人公の少年へメッセージを伝える役割をする、数奇な人生を歩んだ人物が出てきます。もしかしたら、その人物は宮崎監督その人だったのかもしれません。彼は、主人公の少年に、「私はこう生きた」と伝えます。もちろん、それは「君たちはどう生きるか」という問いへ繋がってゆくのですが。

この映画を観ながら、ぼくは後藤繁雄さんの歴史的名著『独特老人』を思い出していました。この二十年以上前に刊行された長大なインタビュー集は、後藤さんが「独特老人」と呼ぶ人たちを訪れ、彼らのことばを集めたものでした。当時既に高齢だった彼らは、いまではもう誰も生きてはいません。けれど、いまも本の頁をめくるたびに、彼らのすさまじい熱気が流れこんでくるような気がするのです。もっとも高齢だった作家・芹沢光治良《こうじろう》が一八九六年生まれ、もっとも若かった作家・沼正三が一九二六年生まれ。作曲家・伊福部昭、俳人・永田耕衣《こうい》、作家・山田風太郎、映画評論家・淀川長治、舞踏家・大野一雄、マンガ家・水木しげる、哲学者・久野収、詩人・吉本隆明、哲学者・鶴見俊輔等々。彼らは、あの戦争の時代を生きた人たちでした。誰もが、同じ考えに流されていったとき、かけがえのない自分だけの考えを持ちつづけることができた人たち。そんな彼らを、後藤さんは「独特老人」と呼びました。独断、独走、独学、そして独り楽しむという意味で独楽。独特とは「独り」で「特別」。光速で回転する独楽《こま》。最後に後藤さんは、こう書いています。

「この『独特老人』に登場した人は、『一流』とかではなく『破格』である。アカデミックではなく、アヴァンギャルド。権威やグルになるのではなく、自由で風狂である」

そして、彼らのメッセージをひとことでこう表現するのです。

「独りでゆけ、特別であれ‼」

後藤さんが『独特老人』をつづけていたら、もちろん、宮﨑監督もインタビューしたことでしょうね。

それでは、夜開く学校、「飛ぶ教室」、始めましょう。

おそろしい日曜

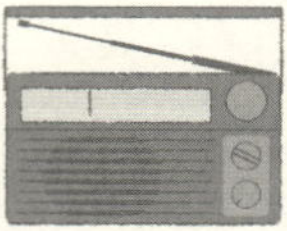

こんばんは。作家の高橋源一郎です。

小さい頃、父の実家へ行くと、よく親戚たちが世間話をしていました。誰々の姪がどこかの有名会社の誰かと結婚したとか、どこかの親戚の家で姑のイジメがひどいとか。そんな話を延々と聞かされるたびに、つまらない話ばかりだとうんざりしていました。それは自分の家に戻っても同じでした。それに比べて、友人たちとする話は、もっとずっと高級な芸術に関するお話。内心で比べて、悦にいっていた、そんな愚かな高校生がぼくでした。

じっさい、自分が親になって、あるいは夫になって話すのも、昔バカにした親戚や両親のそれとほとんど変わりません。たまに、ちょっとましなことを話そうとしても、なんだか場違いな感じがしてやめてしまう。そこが、日常という場所だからでしょうか。

現代演劇の父と呼ばれる岸田国士《くにお》の出世作と知られる、『紙風船』というタイトルの、およそ百年前に作られた短い劇があります。文庫本でわずか二十頁ほど。登場人物もわずかふたり。それは、結婚一年目の若い夫婦の、ある日曜日のお話です。

夫は、縁側にある籐製の椅子に座って新聞を読んでいる。妻は座布団を敷いて、編み物をしている。どこにでもある日常の風景。読み飽きた夫は、新聞を投げ捨て「散歩でもして見るか」といいます。それに対して妻は、会社の友人のところへでも行くようにいいます。「散歩でもなんでも……」と。「散歩でもなんでもったって、ほかに何かすることがあるかい」という夫。「ないから、それでいいじゃないの」と答える妻。せっかくの日曜日なのに、夫にも妻にも、なにかしたいことも、するべきこともありません。夫は呟きます。「おれが新聞を読む。お前は編物をしはじめる。おれが溜息を吐く。お前も溜息を吐く。おれが欠伸をする。お前も欠伸をする。おれが……」。なぜ、こうなってしまったのか。妻はいいます。「あなたが話をなさらないからよ」。それに対して、夫はこう返すのです。「話……どんな話がある」と。

一年前には確かに深い愛で結びついていたはずなのに、結婚し、夫と妻になって向かい合ったとき、話すべきことがないことにふたりは気づくのです。そして劇はこんなクライマックスを迎えるのです。

妻「あたし、日曜がおそろしいの」

夫「おれもおそろしい」

ぼくは去年、この劇を舞台で初めて観て深く揺すぶられるのを感じました。誰もが向かい合わなければならない「おそろしい日曜」。それをふたりがどう克服したかは、できれば、みなさんが自分で確かめてください。

それでは、夜開く学校、「飛ぶ教室」、始めましょう。

神さまの話

こんばんは。作家の高橋源一郎です。

小学校に入る前、ぼくたち兄弟は作りつけの二段ベッドに寝ていました。就寝時間は夜八時、ぼくは上のベッド、弟は下のベッドに入ります。「おやすみなさい」。ぼくたちがそういうと、母親がカーテンをひきます。それからは長い夜の時間。朝、母親がカーテンを開けるまで勝手に開けてはいけないのです。

その閉められたカーテンの内側で、ぼくは生まれて初めての秘密を持ちました。カーテンの向こうから聞こえてくるラジオの音を耳にしながら、暗い闇の中、ときには布団を頭までかぶった子どものぼくは、心の中に、きれぎれに浮かんでくるたくさんの思いに耳をかたむけていました。宇宙には果てがあるの？　じゃあ、果ての向こうにはなにがあるの？　生まれる前に、ぼくはどこにいたの？　死んでからは、どこへ行くの？　なにもなくなるの？　なにもなくなるってどんな気持ち？　それは生まれて初めて芽ばえた疑問、答えのない問いでした。考えれば考えるほど

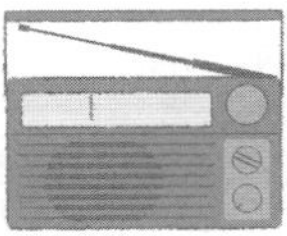

おそろしくなり、何度もぼくは、「ママ！」と叫びたくなりました。でも、それはしてはいけないことでした。逃げだすことのできない恐怖の中で、幼いぼくはかたく目を閉じました。そして、いつしかやり始めたことがあります。「神さま」へお祈りを捧げることでした。「神さま」のことも、宗教のこともまるで知らない小さなぼくは、自分専用の「神さま」を作ったのです。

それはまず「東の神さま、西の神さま、南の神さま、北の神さま」から始まり、あらゆるものに「××の神さま」と名をつけて延々とつづけ、途切れたところで、「ぼくを助けてください、お願いします」と呟くのです。長ければ長いほど、祈りは届く。そんなことを勝手に決めて、ぼくは毎晩、祈っていました。けれども、不思議なことに、その長い祈りのどこかで、ぼくは眠りにつき、気がつくと朝になって、カーテンが開けられて、朝の光が差しこみます。「おはよう」と母がいい、ぼくが「おはよう」と答える。夜のあの恐怖はどこにもありません。もちろん、あの「神さま」のことなんかすっかり忘れています。でも、また夜になってカーテンが引かれ、闇に閉ざされ、宇宙と死の恐怖が戻ってくると、またぼくは「東の神さま、西の神さま……」と祈るのでした。

あれから七十年近く、ぼくは、なにかを声に出して祈ったことはありません。あの「神さま」はなんだったのでしょう。何者でもないぼくを、人間にするために、どこかからやって来たのでしょうか。そんな「神さま」を、小さな頃には、みんな持っていたのかもしれませんね。

それでは、夜開く学校、「飛ぶ教室」、始めましょう。

女の都

こんばんは。作家の高橋源一郎です。

子どもの頃、ぼくは、両親の実家によく行きました。母の実家は主に夏休みに。それから、父が事業で失敗して家族解散をして行き場がなくなるとやはり行きました。自転車、オートバイ、車と事業を拡大して、いつも忙しそうにしていた母の実家は豊かで、実家の人たちもみんな優しかった。行けばいつも個室を与えられたし、食事はおいしく、きちんとお小遣いももらえました。自分の家よりずっといい待遇だったのです。一方、父の実家は、貧しく、いつも乱雑でした。大黒柱の叔母はきわめてルーズな性格で、めんどうくさくなると連日同じメニューの食事。しかも、もうひとりの叔母と祖母は、テレビのチャンネル争いで年中、子どもみたいにケンカをしているし。ほんとうにもうどうしようもない。けれども、どちらに行きたいのかというと、やはり父の実家になるのです。あれはなぜだったんだろう。ぼくは長い間、ずっとその理由を考えてきたのです。

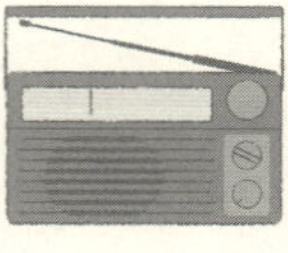

父の実家は女だけの家でした。ずいぶん前に祖父を亡くし、子どもたちも家を出てゆき、元住んでいた大きな家から、小さな建て売り住宅に住むようになった祖母。そして、離婚して、実家に戻ったふたりの叔母たち。その三人がひっそりと住む家でした。年金暮らしの祖母は文句をいうだけで家事はしません。上の叔母はもともとなにもできないお人形のような人。なので、下の叔母が事務員をしながら、家事のほとんどをやります。ぶつぶついう祖母、にこにこ笑っていつも居間で座っているだけの上の叔母。そんな母と姉に怒ったり、不満をぶつけながら、いつも忙しく動き回っている下の叔母。そんな中にいると、孫であり甥であるぼくはものすごく楽なのでした。

母の実家には男たちがいました。働き者の祖父と叔父たち。権力を持つ彼らが作る、整然とした家の秩序がそこにはありました。たぶんそこは世間一般でいうまともな家だったのかもしれません。けれども、ぼくには、女しかいない、権力を持つ者が誰もいない、そう、アナーキーな父の実家にいるときがいちばん自由である気がしたのです。学校が苦手でした。教師が威張って教えているのが。会社も苦手でした。エラい人たちから、ああしろこうしろといわれるのが。政治運動をやってみても向いていないと思いました。おまえはわかってないといわれるのが。それをいうのは、みんな権力を持っている男だったのです。

それでは、夜開く学校、「飛ぶ教室」、始めましょう。

ルール

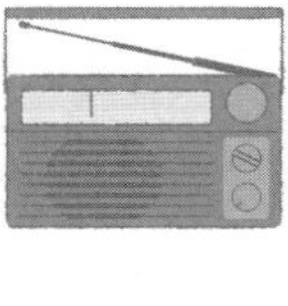

こんばんは。作家の高橋源一郎です。

先日、全国高等学校野球選手権大会で慶應義塾高等学校が百七年ぶりに優勝しました。「丸刈り」ではないチームということで話題を呼んだことはみなさんもご存じでしょう。他のスポーツや、同じ野球なのに大学やプロの野球チームで丸刈りというのは、ほとんど聞いたことがなく、いったいなんのための「丸刈り」だったのでしょうか。

ぼくが転校した関西の市立の中学は丸刈りが強制でした。知らずに転校したのです。ぼくはそれがイヤで登校する前日まで床屋には行きませんでした。一度、教頭に「なぜ」と訊いたことがあります。すると「勉強に集中するため」と彼はいいました。それから何年かたち、ぼくたちが卒業した後、突然、丸刈りが廃止になり、髪形は自由になりました。その前年、ぼくたちの学年が政治活動をしていたことが原因だったと聞きました。生徒たちが自分の意見をいいだすのを恐れ、先んじて自由化したようです。「勉強に集中するための丸刈り」ではなかったのです。

デモで捕まって留置場に入ったとき、うんざりしたのは、どんなときでも壁にもたれかかってはいけない、ということでした。理由を聞いても「規則だから」の一点ばり。法的な根拠はありませんでした。捕まえた人間の気持ちを「折る」ためだけの規則です。意味のないルールや不合理なルールはいくらでもあります。生まれてから死ぬまで、あらゆる場所で。

作家・大西巨人の名作長篇『神聖喜劇』は二千五百頁もある長大な戦争小説です。なのに戦闘シーンも戦場のシーンもありません。もっぱら、戦場へ行く前の兵士たちの訓練が描かれます。主人公の東堂太郎はたったひとりで、巨大な軍隊組織そして戦争に歯向かいます。彼の唯一の武器は記憶。誰も知らないような膨大な法律や条文、軍隊の規則をすべて暗記している東堂は、その知識を活用して不合理なルールを押しつける上官たちと闘いつづけます。初めて呼集、訓練兵たちが集められたとき、いつ集まればいいか聞いていなかった東堂たちは遅れます。理由を問われた東堂は「知りませんでした」と答える。すると上官は「忘れましたといえ」といいます。というのも「忘れました」といえば、上官には一切責任がなくなるからです。なんど「忘れましたといえ」といわれても、「まだ教えられていないので、東堂は知らないのであります」といいつづける東堂。その孤独な闘いを読むたびに、ぼくは、彼のようにきちんと、おかしなルールは認めないといったことがあったろうか、と思うのでした。

それでは、夜開く学校、「飛ぶ教室」、始めましょう。

記録する

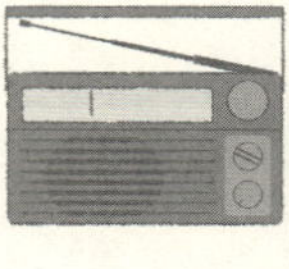

こんばんは。作家の高橋源一郎です。
百年前の今日、大正十二年、一九二三年九月一日、関東大震災が起こりました。死者・行方不明者は推定十万五千人。それは、ぼくたち日本人にとって忘れることのできない大きな事件となりました。
一つは、東京が壊滅し、それまで残っていた「江戸」から伝わってきた文化が消え去ったこと。そして、もう一つは、流言蜚語による、いわゆる「朝鮮人虐殺」が起こったことです。この問題について、ついこの間「政府内において事実関係を把握する記録は見当たらない」と発言した政府高官がいました。探すつもりがなければ、どんな記録も見つけることはできないのです。ぼくはいま書いている小説の中で震災をとりあげ、膨大なその記録を読んできました。そして、あることに気づいたのです。それは、実に多くの記録が作家たちによって残されていたことでした。
被災した日、作家で詩人の室生犀星は、行方がわからなくなっていた妻子を見つけ、見知らぬ娘の家に一家で泊まらせてもらいます。翌日「恐ろしいことが起こっている。火事や震災以外に」という噂が流れてきて、犀星は怯えながら眠ります。すると遥か向こうから銃声や悲鳴が聞こえてきたのでした。後に歌人で偉大な国文学者になる折口信夫《おりくちしのぶ》が、沖縄での研究旅行から横浜港にたどり着いたのは三日の夜でした。大混乱の中、意を決した折口は東京の自宅まで歩いて帰ろうとします。そこで彼が見たのは、自警団たちが「天皇陛下万歳！」と叫びながら、朝鮮人たちを虐殺している光景でした。中でも深い衝撃を受けたのは、いたいけな子どもたちが、嬉々として、虐殺された朝鮮人の死体を打つ姿だったのです。折口自身、何度も刀を抜いた自警団員に取り囲まれ、死を覚悟さえしたのです。九月一日に京都にいた志賀直哉は列車を乗り継いで群馬あたりまで行くと、駅で数人の兵隊と十数人の野次馬がひとりの朝鮮人を追い回しているのを見ます。引き返してきた野次馬の一人は、列車に向かって「殺してきたよ」といったのでした。

彼らはなぜ、そんなことを記録したのでしょうか。それは、作家とは、世界で起こる出来事を記録する係だからです。他の誰もが通りすぎてしまうようなことでも、目をそむけるようなことでも、作家は本能で、これを残さなければならないと信じ、書き留める。実は小説や詩も、作家にとっては、世界で見つけたなにかを記録したものに過ぎないのです。

それでは、夜開く学校、「飛ぶ教室」、始めましょう。

共育

こんばんは。作家の高橋源一郎です。

少し前、子育てのお話をしました。およそ二十年前、つづけて子どもたちが生まれた頃、ぼくは子育てを最優先事項にしたのです。ところで、ぼくの父は、一切育児も家事もしない、古い、家父長的な考えの持ち主でした。そんな父との暮らしに苦しみ、早くから、外に仕事に出て、自活の道を見つけようとした母の姿を見て、自分が家族を持つとするなら、育児も家事もしようと心に決めたのかもしれません。

二十歳を少し過ぎて、男の子が生まれました。妻も働かなければならなかったので、まだ二か月のとき、個人で託児所を開いているおばあさんに預けました。最初に預けた日、帰り道で泣きました。やがて保育園に預けるようになりました。他に送迎する父親の姿はありませんでした。仕事場が遠かったので、迎えの時はいつも駅から走りました。いちばん最後まで残っているのが息子だったからです。歩いたことはありません。すると、よく反対側の道を同じように、転びそうになりながら、走っているお母さんの姿が見えました。彼女もいつも迎えが遅かったのです。頑張れ、頑張れ！　心の中でこう叫びました。三十年後、また、育児をすることになりました。いまの子どもたちです。ふたりともアトピーがひどく、夜眠れないことが多いので、たいへんでした。寝かしつけてベビーベッドにそっと置く、でもベッドに横たえると泣きはじめる。抱いていると寝てくれるので、ついには、ふたりを抱えて、一晩中立っていたことも何度かあります。何年もまともに睡眠がとれませんでした。きつかった。ほんとうに。でも楽しかった。子どもが成長してゆくすべての瞬間に立ち会えたのは、ぼくの人生でいちばん豊かな経験になりました。保育園が見つからなくて、六本木の無認可の託児所に預けました。預けに来るのは、ぼく以外はみんな水商売をしているお母さんでした。素晴らしいママ友たちでした。保育園に入ってからはたくさんのママ友ができました。残念ながらパパ友はいませんでした。

あのことは「子育て」ということばでは、いい表せないのではないか。ずっとそう思ってきました。なにかいいことばはないだろうか。あのことをうまく表現できることばが。「共育」はどうだろう。「共に」「育てる」。夫と妻が「共」に育てる。子どもを育てる、と「共に」、親が子どもに「育てられる」。だから「共育」。いや「ともそだて」でしょうか。誰かと「共に」、育て、育てられること。どうでしょうか。調べてみるとすでに使われていることばのようでした。他にも、「協育」あるいは「競育」。なるほど。学校でも家庭でも、やり方や考え方は一つではないのですね。

それでは、夜開く学校、「飛ぶ教室」、始めましょう。

ことばの発達

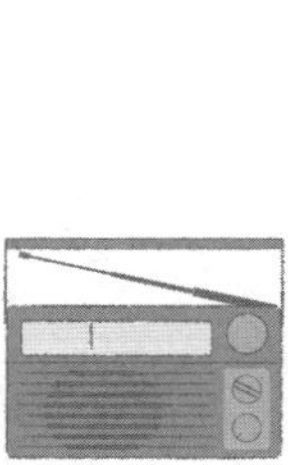

こんばんは。作家の高橋源一郎です。

今日はこの後、動物関係、いや、犬関係の著作が多い、たぶん「犬バカ」片野ゆかさんをゲストにお招きし、片野さんの本を読もうと思っています。

片野さんの代表作に、『愛犬王 平岩米吉伝』という本があります。平岩米吉は明治三十年、竹問屋の子どもとして生まれ、生涯を彼の趣味である動物の研究に捧げました。彼の活躍は多岐にわたり、とても書き切れません。雑誌『動物文学』を創刊、「動物文学」ということばは彼が産み出したのです。そして、平岩は家でたくさんの動物たちを飼いました。犬、オオカミ、ハイエナ、キツネ、ジャッカル、タヌキ、ヤマネコ、ジャコウネコ等々。ただ飼ったのではなく、平岩は彼らを深く理解するようになりました。けれど、片野さんの本で知っていちばん驚いたのは、平岩が自分の娘である長女、由伎子《ゆきこ》の成長の様子を克明に記録し、その「ことばの発達」を、一冊の詩集として刊行していたことでした。タイトルは『人形の耳』。「幼児の自由詩集」とサブタイトルをつけられたその本の序文を書いているのはなんと北原白秋なのでした。収められているのは、二歳から三歳の始め頃までに、由伎子さんが呟いたことばを、平岩が書き留めたもの。「お月さま　どこから来たの、お月さま　どこへ行くの、お月さま　小さくなっちゃった。」これは「月」の出入りを見たときのもの。「あのね、ママちゃま　昔、猿君がいたんでちゅ　飛行機に乗って風を飛ばしたんでちゅ　頭をこつんとぶったんでちゅ　そして墜落したんでちゅ。飛行機に乗って由伎子ちゃんとこへ来たんでちゅ。」これは由伎子さんが二歳で初めて作ったお話でした。そして、「ラジオ、『ママちゃま、痛いよう』って泣いているの、あそこで。」これはラジオの雑音を聞いて漏らしたことば。「パンツもしないで　なんにもしないで　丸《まる》いお月《つき》さま。」これは丸いお月さまを見て、つい呟いたことば。次は、自分と蟬との空想の会話を呟いたもの。由伎子「お正月に蟬《せみ》さん啼《な》かないの？」蟬「北風《きたかぜ》吹くから　もっと暖《あったか》になってから　啼きましょう。」由伎子「また、いらっしゃい。左様《さよう》なら。」ぼくも一時期、幼い子どもたちのことばを熱狂的に集めたことがあります。作家のぼくから見ても、天才としか思えなかった。いや、もしかしたら、誰でも無垢な頃には、ことばを自由に扱える才能があるのかもしれません。やがて、社会のことばを無理矢理教えられるまでの、わずかな時期にだけは。

それでは、夜開く学校、「飛ぶ教室」、始めましょう。

できないこと

こんばんは。作家の高橋源一郎です。

ぼくには一つ大きな悩みがあります。それは、詩が書けない、という悩みです。

ぼくのデビュー小説の主人公は詩人で、その詩人は詩を書いています。ぼく自身もなにより詩を読むのが好きです。中学生の頃からずっと。頭の中では詩も小説もあまり変わらないはずと思っています。それから散文詩という、一見、小説の文章と同じことばでできたジャンルがあることも。でも、いざ書こうとするとなにも浮かんでこないのです。一度、ある雑誌がぼくを特集してくれることになって、生まれて初めてきちんと詩を書くことになりました。死ぬほど苦労して書き上げた詩が一篇。悲惨な出来でした。思い出すだけで冷や汗が滲みます。以降一度も詩を書いたことはありません。たぶん、この先も。

しかし、なぜ書けないのでしょう。実のところ、古来、詩と小説は折り合いが悪いといわれています。明治の末期、当時、詩の世界の王様だった島崎藤村は、詩人を廃業して小説家に転向、

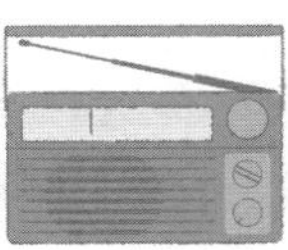

傑作『破戒』を書き上げました。女性詩の最高峰だった富岡多恵子さんも、詩人をやめて小説家になりました。

詩人をやめて小説家になった例は他にいくらでもあげられますが、その逆は聞いたことがありません。もともと詩人が小説に手を出して、故郷へUターンした例ならありますが。いまどちらも書いているのは、町田康さんや川上未映子さんでしょうが、ふたりとも、詩からはほぼ手を引いたように見えます。いったいなぜなんでしょうか。詩から小説へ行く道はあるのにその逆はない。これはよく知られた事実なのに、そのことをはっきりした説明してくれたものをぼくも読んだことがないのです。

小説を書くことはとても地味な作業です。ちっとも楽しくありません。なのに毎日毎日書いています。なぜ楽しくないのか。書いているのが、たとえてみれば、大きな家の板や屋根瓦だからなのかもしれません。そんなものはいくら作ってもぜんぜん楽しくない。楽しいのは、すべての部品が組み上がり、家が完成して、誰かにそれを引き渡し、喜んでもらえる瞬間だけ。その瞬間を目指して、小説家は、退屈な日々をただ過ごすのです。

それでも、なぜ、小説家は書くことをやめないのか。お金のため？　いや、お金などもらえなくても、たぶん小説を書くのをやめないでしょう。そして、なぜ、詩を書けないのでしょう。できないことには、たいてい大切な秘密があるのです。たぶん。
それでは、夜開く学校、「飛ぶ教室」、始めましょう。

手書きの文章

こんばんは。作家の高橋源一郎です。

三年半ほど前に亡くなられた作家の古井由吉さんのご遺族から、つい先日、古井さんの遺品であるノートとメモを一冊ずつ贈っていただきました。ご縁がある方に、とのことだったので、喜んでいただいたのです。もしかしたらそれは、作家仲間というより、競馬ファン仲間としてのご縁だったのかもしれません。

作家は亡くなると、たくさんの本と反古《ほご》の山を残します。家族にとってはあまり価値があるものとも思えません。ぼくも最近では、うずたかく積まれた本の山を見て、少しずつ処分していかないといけないかなと思うことがあります。それでも本は引き取ってもらえますし、原稿は文学館に置いてもらえるかもしれません。創作ノートなら研究者にとって価値がある。

ぼくがいただいたのは、古井さんが自分の勉強のために使っていたギリシャ語ノートと、漢文の勉強のために、いろいろな典籍から書き抜いたメモでした。ギリシャ語ノートは学生が使うような安い大学ノートで、名作『オイディプス』を読みながら、古井さんが辞書から引いたであろうギリシャ語が丹念にペンで書き留められています。漢文メモは、おそらく古井さんが自分の原稿のゲラを裏返してホッチキスで留めた自作のもので、そこに、「古文眞寶粋」と表書きされています。調べてみると「古文眞寶」とは、漢の時代から宋の時代にかけての中国の名文や詩を収めた本。古井さんはその中から、気に入ったものを、一つずつ抜粋し筆写していったのでしょう。その独特の癖のある文字を見つめながら、そこからは清々しくも美しい、古井さんの文学の世界、古井さんという人そのものの気配が漂ってくるような気がして、ぼくはなんともいえない気持ちになったのでした。

手書きの文字を読んでいると、その人がすぐ目の前にいるような気がすることがあります。見ているだけで、その人のことばや表情が蘇ってくるのです。

あるお医者さんがこんなことを書いています。その人は解剖を仕事にされていました。親しい人でも解剖しなければならないことがある。どんな部位でも冷静に切ることができる。けれど、手、掌の部分だけは、見ると、動揺して、メスをふるえないことがあるのだと。手には、その人の魂が宿っているのでしょうか。そういえば、ぼくが生涯でもっとも感動したのは、初めて付き合った女の子と歩いていて、触れ合った手を握ると、彼女が握り返してきたことだったかもしれませんね。
それでは、夜開く学校、「飛ぶ教室」、始めましょう。

2023年度　後期

命終《みょうじゅう》

ラジオの罪

こんばんは。作家の高橋源一郎です。

何年前になるでしょうか。まだ大学で教えていた頃、ゼミの女子学生のひとりが「卒論では『千の丘ラジオ』について調べたい」と申し出ました。残念なことに、ぼくは「千の丘ラジオ」のことをなにも知らなかったので、「それはなに?」と聞き返したのです。

丘が多く「千の丘の国」と呼ばれたアフリカ・ルワンダで、一九九四年四月からわずか百日の間に百万人近くの人たちが犠牲になった「ルワンダの虐殺」、その虐殺の主人公は一つのラジオ局でした。もともと多数派民族のフツと少数派民族のツチが共存していたルワンダは、旧宗主国のベルギーの植民地政策の一貫として、フツとツチが争うように仕向けられていました。けれども、民族間の争いは、政治家や軍レベルでは激しくとも、国民同士ではほとんどなかったといわれています。見かけもほとんど変わらず、フツとツチは交じり合って暮らし、結婚して家庭を築くことも多かったのです。

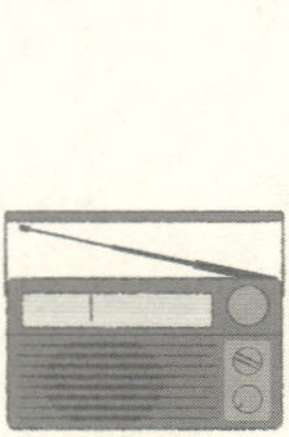

一九九三年、フツ族系の政治家が小さなラジオ局を小高い丘の上に作りました。そして「千の丘ラジオ」と呼ばれたその放送局は、最初はふつうに音楽を流し、ＤＪが番組をやっていたのです。一九九四年四月、フツ族系の大統領が乗った飛行機が撃墜され、撃墜をめぐって、フツとツチが互いに責任をなすりつけあい、二つの民族の間の和平の気運は失われました。当時、ルワンダでは新聞もテレビもあまり発達しておらず、人びとはラジオから情報を得ていました。そして、そのときがやってきたのです。

「千の丘ラジオ」は民族対立を煽る放送を開始しました。ＤＪがフツの人たちの憎しみを煽り、軽快なポップスを流しながら、パーソナリティーがツチ女性へのレイプを示唆し、ついにはこんな放送をしたのです。

「ツチの武装集団は、村人を装い身を隠している。隣のツチに気をつけろ。ツチはゴキブリだ。君たちの力を見せるときがやってきた。今こそナタや鎌を持ち、家から出て立ち上がろう」

虐殺する人びとの手にはラジオが握られていたと伝えられています。家族の中のフツ族が同じ家族の中のツチ族を殺しました。ツチの子どもの半数が目の前で家族を失ったともいわれる惨劇でした。「千の丘ラジオ」の関係者たちは後に戦争犯罪に問われています。

ラジオには力があります。善き力も悪しき力も。人というものが善と悪の両面を必ず持つように。放送に携わるものとして、そのことを忘れてはならないと思います。

それでは、夜開く学校、「飛ぶ教室」、始めましょう。

山門に立つ

こんばんは。作家の高橋源一郎です。

鎌倉の妻の実家の近くに引っ越したのは十年以上も前のことになります。そこで、ひとりのおばあさんに会いました。「会いました」というのは正確な表現ではありません。そのおばあさんは、たいていは家の前にいました。朝から晩までずっと自分の家の前に立って、道行く人を眺めていたのです。見かけるたびに、ぼくも挨拶しました。「おはようございます」「こんにちは」「こんばんは」「暖かくなりましたね」「今日は寒いですね」。通り一遍の挨拶をします。すると、そのおばあさんは少しだけ微笑んで、ただ黙って会釈をしました。いつも、そうでした。おばあさんは、家の前に一日中立って、静かに挨拶をしていたのです。長く住んでいる義母に訊ねてみました。すると、そのおばあさんはもう半世紀もそこに住んでいたのでした。夫を早く亡くし、姪を養女としてもらったけれど、どうやらうまくいかなくて、姪は家を出ていったそうです。他に親戚もなく、訪ねて来る人もいません。たったひとりで住んでいたおばあさんは、いつしか、

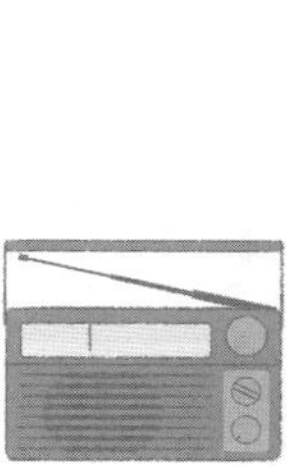

家の前に佇むようになったのです。誰かに迷惑をかけるわけでもありません。けれど、気の毒がった近所の人が家に上がると、延々とひとりで自分の話をするばかりなので、辟易して、ついには近所の人もおばあさんのところへは行かなくなりました。やがて、おばあさんの様子は少しずつ変わってゆきました。昼間だけではなく、深夜や明け方に、おばあさんの家から少し離れたお寺の山門のあたりに立つようになったのです。凍えるような冬の深夜の、明かりもほとんどない木の下に、おばあさんは立っていました。「大丈夫ですか」と訊ねます。おばあさんはかすかに頭をふります。そしてそのまま立ちつづけるのです。話しかける人は誰もいません。

あるとき、妻の実家でバーベキューをしたことがあります。ジュージューと肉が焼ける音、炭火の炎。楽しそうな子どもたちの笑い声。すると近くで立っていたおばあさんが近づいてきました。そしてバーベキューをしているぼくたちの輪のすぐ外まで。気がついた義理の弟がおばあさんにいいました。「ごめんね。これは家族でやっているものだから」と。するとおばあさんはまたゆっくりと木の下に戻っていったのでした。

おばあさんの姿を見かけなくなったのはそのすぐ後でした。施設に入ったと聞きました。昨日、義母に訊ねると、少し前に、そのおばあさんは亡くなったそうです。

あのバーベキューの日のことを思い出すと、いまも胸が痛くなります。おばあさんは、ただ自分の話を聞いてくれる誰かが欲しかったのだと思います。ぼくにはなにができたのでしょうか。いや、そもそも誰かになにかをしてあげるというようなことが。

それでは、夜開く学校、「飛ぶ教室」、始めましょう。

家の記憶

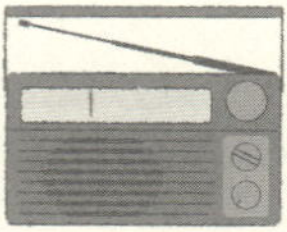

こんばんは。作家の高橋源一郎です。

ある作家が「家には記憶がある」と書いたことがあります。奇妙ないい方です。家は生きものではなく、単なる建築物。そんなものに記憶があるはずなどありません。けれども、そういいたくなるときがあるのです。

昔住んでいた家を訪ねると、その頃の記憶が鮮やかに蘇ってくる。それならわかります。それは「家に記憶がある」のではなく、人間にその家の記憶があるにすぎません。では、ほんとうに家には記憶などないのでしょうか。

二十年以上前、久しぶりに鎌倉に住むことを決めて、家を探しました。インターネットに出ていた古びた一軒家を見て、なんだか不思議な気持ちになり、すぐに不動産屋に連絡し、内見をすることになりました。小さな森に抱かれるようにひっそりと佇んでいる、関東大震災の直後に建てられたという、その家の玄関を開けた瞬間、懐かしいような不思議な気がして、まだ靴を脱いで上がる前だというのに、「ここに決めたいのですが」といったのです。

幸い、大家さんの了解を得て、住むことになり、その大家さんにお会いしたとき、こういわれました。「もちろん、ご存じだったのですね？」と。「なにをですか」とうかがうと、大家さんはこうおっしゃったのでした。

「ここは、神西清《じんざいきよし》さんが、亡くなるまでずっと住んでいて、『鉢の木会』のメンバーが集った家なんですよ」

神西清さんは、チェーホフの『桜の園』や『三人姉妹』の名訳で知られる素晴らしい作家でした。そして、神西さんは、仲のよかった中村光夫、大岡昇平、三島由紀夫といった文学史にその名を残す目も眩むようなメンバーと「鉢の木会」という名前のサークルを作り、頻繁に会っていました。それはちょうどぼくが生まれた頃のことだったのです。

もうこの世にはいない作家たちが愛したもの、森も家もほとんど変わらず残っていました。そして、ぼくは彼らが見たのとほとんど同じものを見たのです。彼らが歩いた木の廊下を踏みしめて歩き、古いガラス製の窓から、彼らも見た竹林を見ます。すると、ほんとうに不思議なことに、ずっと前からそこに住んでいたような気がしてくるのでした。

誰かが楽しいと思って日々を過ごし、そこにずっと住んでいたいと感じる家。そんな家の中にいると、かつてそこに住んでいた人たちの気持ちがわかるような気が、いや、かつて自分もそこに住んでいたような気がするときがあるのです。そんなことはありませんか?

それでは、夜開く学校、「飛ぶ教室」、始めましょう。

命終

こんばんは。作家の高橋源一郎です。

「命終」ということばがあります。「命」が「終わる」と書いて「みょうじゅう」と読みます。意味は命尽きること。

今日、この後紹介する、作家・耕治人《こうはると》さんは、その最晩年に「命終三部作」と呼ばれる作品を書きました。作品そのものについては、後でご紹介するとして、ここではその他のことについて少しお話したいと思います。

耕さんは長い間、売れない私小説を書きつづけました。大きく認められることはなくとも、ただ書きつづける。そういう作家もたくさんいるのです。朴訥《ぼくとつ》で、口下手で交際下手で世渡り下手。そんな耕さんを支えたのがよし子夫人でした。

原稿が売れない夫に代わって仕事をして生活を支え、家事一切をし、対人関係が苦手な耕さんのマネージャー代わりもつとめました。子どもがなかった夫妻は、小さな土地を借りて家を建て、

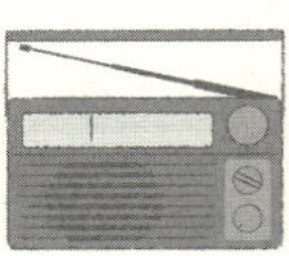

ひっそり暮らしていました。そんな耕さんは晩年近くなっていくつかの賞を受賞、大きな収入にはなりませんでしたが、ようやく日の目を見ることになったのです。

けれども耕さん夫婦の平穏はやがて終わりを告げます。よし子夫人が認知症を発症したのです。そして、夫人は特別養護老人ホームへ。それとほぼ同時に耕さん自身に舌癌が発覚。もう手のほどこしようはありませんでした。「命終三部作」といわれる「天井から降る哀しい音」「どんな御縁で」「そうかもしれない」は八十歳を越した夫婦に訪れた、そんな残酷な最後の日々を冷徹に描いた作品です。実は、このとき耕さんを担当していた編集者は、ぼくの担当編集者でもありました。ここから先は、その編集者から聞いた話です。

身動きするのもつらい中、耕さんが病室で書きあげたのが、遺作となる「そうかもしれない」でした。耕さんも編集者も口には出しませんでしたが、それが生涯最後の原稿になることはわかっていました。編集者が病室に入ると、耕さんはベッドの上に正座をして待っていました。もう座るのもやっとのはずでした。耕さんは書き上げた原稿を編集者に渡すと、深くお辞儀をして「長い間、お世話になりました。よろしくお願いします」といったそうです。それが、編集者が見た、生きた耕さんの最後の姿でした。

ぼくもやがて最後の作品を書くときが来るでしょう。もしかしたら知らないうちに。でもそのときには、正座をして、誰かに向かって「長い間、お世話になりました」といいたいなと思うのです。

それでは、夜開く学校、「飛ぶ教室」、始めましょう。

遺品整理

こんばんは。作家の高橋源一郎です。

昨日、ビートルズの最後の新曲「ナウ・アンド・ゼン」が世界同時に配信されました。「ビートルズの新曲」。ぼくと同じ、あるいは少し年上の人たちにとっては、なんともいえない響きを感じることばです。ぼくがビートルズという存在に打ちのめされたのは彼らがデビューしてかなりたった頃のことでした。だから、ぼくが意図して聞いた最初のビートルズの新曲は、一九六七年、世界で衛星中継された「オール・ユー・ニード・イズ・ラヴ」でした。それから「ハロー・グッドバイ」「レディ・マドンナ」「ヘイ・ジュード」「ゲット・バック」から、一九七〇年、最後の「レット・イット・ビー」まで、「ビートルズの新曲」は、ぼくにとって、いや世界中の途方もない数のファンにとって、ずっと「神さまからの贈り物」だったのでした。ビートルズは解散し、一九八〇年、ジョンは非業の死をとげます。それからでも四十年以上が過ぎました。ときおり、さまざまな形で、ビートルズの、あるいは、他のメンバーたちの新曲や、残された録音が

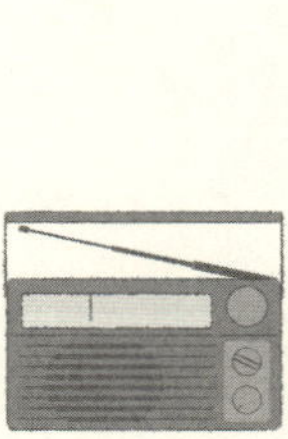

話題になります。けれども、ぼくにとってはもう終わった物語にしか感じられなかったのです。

「ナウ・アンド・ゼン」は一九七〇年代後半、ジョンが自宅でボーカルとピアノによるデモを録音したことにはじまります。九四年、妻のヨーコ・オノ・レノンはポール、ジョージ、リンゴに他の二曲と共にこの音源を渡しました。残りの二曲は「ビートルズの新曲」として完成し、リリースされています。けれど「ナウ・アンド・ゼン」だけは、ジョンのピアノパートとヴォーカルパートを分離させることが難しく、すでにポール、ジョージ、リンゴが新しいパートを録音させていたにもかかわらず、お蔵入りになっていたのでした。それからおよそ三十年、新しいＡＩ技術は、かつて不可能だったジョンのボーカルの分離に成功し、この最後の新曲はついに完成することになったのでした。もちろん、それはほんとうの「ビートルズの新曲」ではない、という考えも間違ってはいないでしょう。

先日、三十年以上連載が続いたマンガの『ベルセルク』が作者の三浦建太郎《みうらけんたろう》さんの急死でストップ。その後、三浦さんの親友で、作品の構想を最後まで聞いて知っていた、マンガ家・森恒二《もりこうじ》さんの監修で、連載が再開されています。この時には、やはりファンの間では論争がおこりました。去っていった人の遺品をどう扱えばいいのか。残された者たちは、その人への愛が深いほど悩むのです。

「ナウ・アンド・ゼン」という曲、ぼくは好きです。とても。
それでは、夜開く学校、「飛ぶ教室」スペシャル版、始めましょう。

ぼくがAV監督をやったわけ

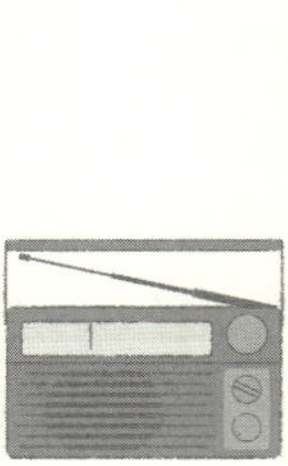

こんばんは。作家の高橋源一郎です。
今夜はひとつとっておきのお話をしましょう。いまから二十五年ほど前、九〇年代の末期に、ぼくは少しの間、AV（アダルトヴィデオ）の世界へ紛れこみ、ついには監督までしたことがあります。「監督」がクレジットされた作品は三本。ちなみに、アダルトヴィデオの某配信サイトで、ぼくの名前を検索してみると三本ヒット。そのうち監督作は一本。残り二本は出演だけとなっています。いやはや。どうして、そんなことになったのでしょうか。
その頃、ぼくは「日本文学盛衰史」という小説の連載を始めていました。明治の中頃、日本に小説というものが誕生した頃の作家たちの物語です。どんなジャンルでもいちばんおもしろいのは、生まれたてでまだカオスのような頃、たとえば、ぼくが高校生の頃のジャズや現代詩、先鋭的なマンガや実験映画もそうでした。ぼくは明治の若い作家たちの闘いを描きながら、いまもそんな場所があるのではないか、だったら、そこも描いてみたいと思い、探し、たどり着いたのがアダルトヴィデオの世界だったのです。

長く日陰者だった成人向けヴィデオが、レンタルヴィデオの普及と共に一気に広まり、多くの才能もまたそこへ流れこんでいきました。それは「アダルトヴィデオ」と総称され、あらゆるタイプの作品が生産されていたのです。九〇年代のAVには、なにを作ってもかまわないという自由な雰囲気がまだ残っていました。連載期間は約一年、取材したのはその前後合わせて二年ほどだったでしょうか。取材で知り合った、鬼才として知られる平野勝之監督から「高橋さん、せっかく取材するんだったら、その様子も含めて、映画にしちゃいましょうよ」といわれたのがきっかけで、平野さんのAVを共同監督するはめになったのです。

その中身、そこで見たもの、そこで会った人たち、そこで起こったこと、そこでぼくが感じたことについては、またいつかお話することにしましょう。世間がどう思っているかは知っています。いいことも悪いこともありました。天使のような人間も、最低の人間もいました。しかし、それはどの世界でも同じなのかもしれません。ただ少なくとも、あの場所には、ものを作り出すあらゆる場所が持っている「熱」は、確かにあったように思うのです。

一つ忘れられないエピソードがあります。「高橋さん、ちょっと男優もやって」といわれて、「とても無理」と答えました。すると「じゃあ、代わりに誰か作家を紹介して」といわれ、知人の作家を紹介。なんとその人、ＯＫしたのです。そして……。
それでは、夜開く学校、「飛ぶ教室」、始めましょう。

最高の選考会

こんばんは。作家の高橋源一郎です。

ぼくはいままでたくさんの選考会に参加してきました。小説だけではなく、あらゆるジャンルのです。そして、その中には、もめにもめた選考会も、熱い討論が交わされた選考会も、とてつもなく長い選考会もありました。

でも、いちばん幸せで楽しかった選考会といえば一つしかありません。一九八九年、第一回日本ファンタジーノベル大賞の選考会です。新たに創設された文学の賞。しかも、「ファンタジーノベル」という、まだ定義もはっきりとはしていない文学のジャンルの賞。いったいどんな作品が送られてきて、いったいどんな選考会になるのか。まるでわからないまま、ぼくは選考会に臨んだのです。でも、決めていたことが一つだけありました。ぼくが推したい作品は、とても変わっていたのです。だいたい「ファンタジーノベル」といえるかどうかもあやしい。きっと、他の選考委員はみんな反対するだろう。認める選考委員はぼくだけにちがいない。孤立無援のその作

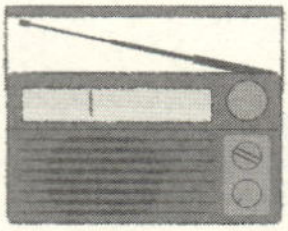

品のために頑張って応援するのだ。そればかりを考えていました。

当日、審査をする部屋に、選考委員たちが集まりました。作家の井上ひさしさん、荒俣宏さん、作家で翻訳家の矢川澄子さん、画家の安野光雅さん、そしてぼくの五人です。選考が始まる前に、雑談をしていたときのことです。誰かがぽつり、こう呟きました。「ぼくが推す作品、たぶんぼくひとりしか推さないんだよな」と。すると別の選考委員も「えっ……わたしが推すのも、孤立無援の作品よ」。作品の名前は出さず、みんなはボソボソ、呟きました。なんと、五人全員「あまりにも変わっているから、自分以外には誰も推さない作品を推す」と決めていたのです。どの作品なのかは明らかでした。みんながニッコリしたとき、事務方が、「そろそろ選考会を始めたいのですが」といいました。すると井上ひさしさんが、こうおっしゃったのです。

「あの……たぶんもう受賞作は決まっていますよ」

その作品とは、まるで少女マンガの世界のような素敵なファンタジー、酒見《さけみ》賢一さんの『後宮小説』でした。他の誰にも書けない、天使の純粋さを集めたような作品を書きつづけた酒見さんは十日前に五十九歳で亡くなりました。早すぎるよね、酒見さん。

あの選考会、ほんとうはもうひとり、手塚治虫さんも選考委員として入る予定でした。でも選考会の前に亡くなられたのです。生前、井上ひさしさんがこういいました。もし手塚さんが生きて選考会にいらしたら、きっと「ぼく以外には推さないけれど、どうしても推したい作品がある」とおっしゃったでしょう、って。ぼくもそう思うのです。

それでは、夜開く学校、「飛ぶ教室」、始めましょう。

ワーニャ伯父さん

こんばんは。作家の高橋源一郎です。

今夜は、ぼくのおじさんの話をします。といっても、その人は、ほんとうのおじさんではなく親戚のひとりにすぎません。名前も覚えていないのです。その「おじさん」は、若い頃から神童として知られ東京帝国大学に入学しました。けれども左翼の非合法運動に参加して逮捕され、獄中で憲兵の拷問を受けて精神に異常を来し、しばらく「精神病院」に入院。戦後はずっと国立国会図書館に勤めていました。それが叔母から聞いた、その「おじさん」に関する情報のすべてでした。

ぼくが高校生の頃、突然、叔母から、その「おじさん」が「あんたに会いたいっていってる」と聞きました。どうやら、叔母は、ぼくが文学を志望しているというようなことを、その「おじさん」にしゃべったようでした。数日後、実家でぼくは「おじさん」と会いました。なにを話したのかはよく覚えていません。覚えているのは、射るような鋭い、異様な視線でした。まともに

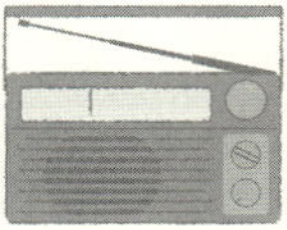

目を合わせることなどできず、「おじさん」の前では、文学や進路についてしゃべることばが、紙切れのように薄っぺらいものに感じられて、ただ恥ずかしかったことだけは覚えています。最後に「おじさん」はフランス語の辞書をぼくに渡すと、「本はたくさん読むといいね」とだけいいました。それが最初で最後の「おじさん」との出会いでした。

およそ十年後、叔母から、「おじさん」が亡くなった、と連絡がありました。1DKの小さなアパートの風呂場で溺死していたのです。大量の酒を飲んでいたので自殺だったのかもしれません。家族のいない「おじさん」の死の後始末をしたのは叔母でした。「本がいっぱいあるかと思ったら、なにもあらへん。家具も服もほとんどなかったわ」と叔母はいいました。机の上に二冊の辞書、そしてフランス語とロシア語の本が二冊。

叔母が持ちかえった本は、いまもぼくの本棚の奥にあります。どちらのことばもまともに勉強などしていませんが、発音することだけはできます。一冊は『ル・グラン・モーヌ』。アラン・フルニエが書いた戦前のフランスの青春小説。そして、もう一冊は『ヴィーシニョーヴィ・サートとジャージャ・ヴァーニャ』。チェーホフの戯曲『桜の園』、そして『ワーニャ伯父さん』でした。主人公の「ワーニャ伯父さん」は、劇の終わり頃、こんなセリフをしゃべります。

「どんなことをして、その日その日をうずめていったらいいんだ。(略)わかるかい、せめてこの余生を、何か今までと違ったやり口で、送れたらなあ。きれいに晴れわたった、しんとした朝、目がさめて、さあこれから新規蒔直《まきなお》しだ、過ぎたことはいっさい忘れた、煙みたいに消えてしまった、と思うことができたらなあ。(略)教えてくれ、一体どうしたら、新規蒔直しになるんだ。……どうしたらいいんだ。……」

それでは、夜開く学校、「飛ぶ教室」、始めましょう。

父の春画

こんばんは。作家の高橋源一郎です。

父は高橋家の三男として生まれました。幼い頃に罹った小児マヒのため左脚が細く、短く、ふつうに真っ直ぐ歩くことができませんでした。おそらくは身体のこともあって、父は画家を志すことになりました。障がいのあった父は兄たちのように慶應義塾大学に入学できず、キリスト教系であったため軍事教練がなかった立教大学に入り、絵画部の一員になりました。戦後しばらく、立教大学の食堂には父が描いた大きな油絵がかかっていたそうです。長兄と次兄はシベリアとフィリピンで戦死、父は仕方なく画家の道を断念し、祖父が設立した会社の経営者になりました。そして、実業の素質がなかった父のもとで会社は倒産。それから父にとって放浪にも似た暮らしが始まります。父は会社が倒産してすぐ画商になり失敗しました。そして、晩年はずっとベレー帽をかぶってもいました。父の気持ちの中に絵画への断ち切れない思いがあったことは間違いないと思います。けれども、絵画の話をすることも、絵を描くことも一切ありませんでした。もし

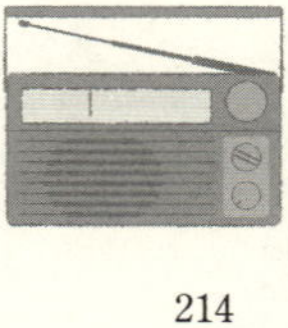

かしたら、ぼくが訊ねれば、答えてくれたかもしれません。けれども、ぼくもなにも訊かなかったのです。

実は、一度だけ、父が絵を描いているのを見たことがあります。ぼくが中学生の頃だったでしょうか。そのころ、ぼくたちは六畳間がふたつあるだけの小さなアパートに住んでいました。片方の六畳間で弟と寝ていたぼくは夜中にふと目を覚ましました。襖越しのもう一つの、両親が寝ている六畳間で誰かが起きている気配がします。ぼくは音を立てずにそっと、ほんの少しだけ襖を開けました。すると、寝ている母の横で、肩のあたりまで布団をかけたまま、父が手元の蛍光灯スタンドの小さな灯を頼りに筆を走らせていました。見たこともないほど真剣な表情でなにかを描いています。ぼくは襖を閉めました。不思議な光景でした。翌日、父が出かけた後、なんとなく気になって、ぼくは父の小さな机の引き出しをそっと探りました。何枚もの白い紙に鮮やかな線で描かれた、性器の部分をあからさまにさらけ出した女性の裸体、それから、男性器を口に含んでいる女性、そして……。そう、父が描いていたのは、日本画の画法による春画だったのです。ずいぶん後になって、母にそのことをいうと、母は「ああ、お金がなかったので、パパは小遣い稼ぎに春画描いてたわね」といいました。それが、ぼくにとって、父が描いた唯一の絵だったのです。

それでは、夜開く学校、「飛ぶ教室」、始めましょう。

ラヴレター

こんばんは。作家の高橋源一郎です。

一九七〇年の八月のことです。十九歳のぼくは、その前の年、デモで逮捕され、やがて東京拘置所へ送られました。そして、ぼくの独房での生活も七か月目に入っていたところでした。

起きる。顔を洗う。朝食をとる。本を読む。昼食をとる。本を読む。夕食をとる。本を読む。その間に十五分だけ外へ出て一人ずつの受刑者に与えられた扇形の狭い運動場でぼんやり日光を浴びる。面会と二日に一回の風呂とラジオ。一日が終わり、また次の一日が来る。いつ終わるかもわからない、その繰り返しが果てしなくつづいていました。

そんなある日、一通の封筒が届いたのです。差出人の名前を見ても見当がつきません。見るからに分厚い封筒には十数枚の便箋が入っていました。水洗トイレと兼用の椅子に腰かけ、洗面台と兼用の机に手紙を置き、ぼくはゆっくりとその手紙を読みはじめました。それは、おそらくぼくと同い年の女子学生の日常生活を淡々と描く文章でした。どんなふうに暮らし、どんなふうに

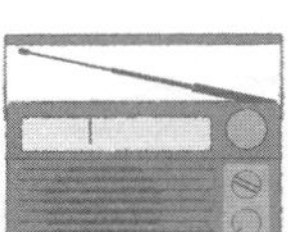

友だちとおしゃべりをして、なにが好きで、どんな本を読むのか、そして、どんなことを日々考えて、生きてゆくのか。ぼくは未知の作者の小説を読むように、その手紙に惹きつけられていきました。やがて、語り手の女性に近づく若者が現れます。誘われるようにして、ふたりは夜の海岸に行き、やがて、若者は彼女の手を握ります。そして、若者が彼女を抱きしめようとしたとき、彼女はそれを拒んだのです。そして、便箋は最後の一枚になりました。そこで彼女はこう書いていました。

「わたしはなぜ、彼を拒んだのでしょうか。あんなにいい人だったのに。わたしは考えました。そして、やっと気づいたのです。それは、高橋くん、あなたのせいだったのですよ。わたしが好きなのは、あなただったのです」

まるで、直ぐ目の前にいる誰かにいわれたかのようでした。ぼくはしびれたようになったまま、最後の一行を読みました。

「わたしが誰だかわかりますか?」

ぼくにはわかりました。その字を書く人が誰なのか。ぼくの心は激しく揺さぶられていました。そんなにも強く、真正面から、誰かに求められた手紙を読んだことがなかったのです。その手紙は、ぼくには生きる価値がある、と告げているように思えたのでした。返事を出そう。でもどうやって。その二日後、突然、ぼくは釈放されたのでした。
それでは、夜開く学校、「飛ぶ教室」、始めましょう。

正装する

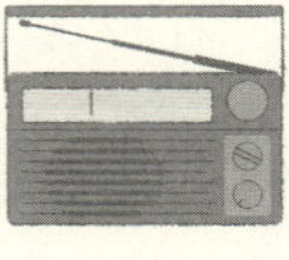

こんばんは。作家の高橋源一郎です。

先日、あるパーティに出かけることになりました。そもそも、そういう晴れやかな場所は苦手です。でも、どうしても出かけなければならないときもあるのです。出席が決まって招待状を見て驚きました。「ブラックタイ着用」と書いてあったのです。つまり「正装」です。通常はタキシードを着用します。いやはや。さすがに、タキシードは持っていません。なので、以前、必要があって借りたお店でレンタルして出かけました。タキシードだけれど派手めなチョッキなどつけて。幸い、好評でした。そのとき、ある人がいいました。「さすが、競馬関係者だね」と。なるほど。

海外競馬、とりわけイギリスで王族が臨席される大レースでは、競馬関係者のエリアのドレスコードは「正装」。そこにいるのは燕尾服にシルクハットの紳士たちばかりです。女性はみんな優雅なドレスに巨大な帽子。ぼくは何度も出かけて、取材で近づくためにタキシードを借りたことがあります。少し離れたところで、エリザベス女王陛下のご尊顔を拝したことも。ただし、その英国競馬独特のドレスコードも、ついに今年から撤廃されたとのニュースも伝わってきました。時は移りぬ、ですね。

ぼくが肉体労働をしていた二十代、一着だけまともなスーツを持っていました。それも一年に一度着るだけ。そう、一年に一度「正装」する日があったのです。

それは五月の最終日曜日、東京競馬場にダービーを見に行くとき。スーツを着て、チーフを胸ポケットに、ネクタイを締め、革靴をはきます。そして、仕上げに特別製のテンガロンハットをかぶります。その頃、ぼくの唯一の楽しみは競馬でした。本を読むことも、考えることもやめ、とりわけて生きる目標もなくなっていたぼくは、その日、「正装」をして競馬場に行くことだけを一年のハレの日としていたのです。おそらく、なにかの本で読んだ、イギリスの貴族たちが正装をして競馬場に出向くという話を真に受けたのでしょう。

行きの電車の中から、変な視線で見られます。関係者席に行くわけでも、もちろん馬主でもありません。そんな格好をしている競馬ファンは他にはいません。超満員で朝のラッシュの電車の中のような競馬場で人びとの渦にのみこまれそうになりながら、ぼくの「正装」はよれよれになっていきました。どこでもよかったのです。「正装」して晴れやかな気持ちで向かうことができる場所が欲しかった。一年に一度、姿勢をただすことができる日が欲しかったのです。
それでは、夜開く学校、「飛ぶ教室」、始めましょう。

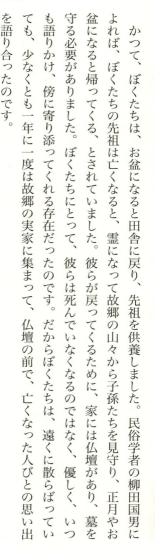

お遍路が一列に行く虹の中

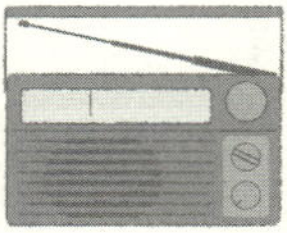

かつて、ぼくたちは、お盆になると田舎に戻り、先祖を供養しました。民俗学者の柳田国男によれば、ぼくたちの先祖は亡くなると、霊になって故郷の山々から子孫たちを見守り、正月やお盆になると帰ってくる、とされていました。彼らが戻ってくるために、家には仏壇があり、墓を守る必要がありました。ぼくたちにとって、彼らは死んでいなくなるのではなく、優しく、いつも語りかけ、傍に寄り添ってくれる存在だったのです。だからぼくたちは、遠くに散らばっていても、少なくとも一年に一度は故郷の実家に集まって、仏壇の前で、亡くなった人びとの思い出を語り合ったのです。

ぼくにもそんなうっすらした記憶が残っています。けれども、ぼくたちは過去を捨てるようになりました。故郷に戻ることはなく、実家も荒れ果ててなくなりました。墓を守る者は姿を消し、「先祖」たちは忘れ去られたのです。ぼくたちは、いまを生きることに汲々として、過去を忘れる。けれども、結局、ぼくたち自身もすぐに忘れ去られる存在になるのです。だからぼくは、こうやって時々、ラジオの番組を通して、あるいは文章を通して、亡くなった人たちのことを語るようになりました。現実の世界で故郷がなくなってしまったのなら、ぼくたちは、どこかに故郷を作らなければなりません。ぼくたちを優しく見守ってくれる誰かがいる場所を。

先日、映画監督の山田洋次さんにお会いしました。山田監督の代表作『男はつらいよ』シリーズは日本を代表する国民映画になりましたが、それは、年に二度、お盆と正月に公開されたことと無関係ではないでしょう。あの映画には、日本人が忘れることのできない、先祖が見守ってくれる故郷があったのです。主役の「車寅二郎」を演じた渥美清さんは、「咳をしてもひとり」で知られる、放浪の天才俳人・尾崎放哉《ほうさい》に憧れていたそうです。放哉は放浪の果てに、小豆島の札《ふだ》所《しょ》の堂守になり、栄養失調の末、結核で亡くなりました。四十一歳でした。渥美さんも結核で手術を受けています。

小豆島でロケがあったとき、渥美さんは、タクシードライバーに「放哉の墓に行ってくれないか」といったそうです。付き人が「渥美さんが知っている人?」と訊ねると、渥美さんは「死ぬまでに一度やってみたい人」と答えました。脚本家の早坂暁《あきら》さんが、渥美さんを主役にしてあて書きした本を完成させていたのに、その作品は実現しなかったといわれています。

渥美さんは、晩年、ある雑誌の主催する句会に参加していました。俳号は風天《ふうてん》。たとえば、こんな句。

村の子がくれた林檎ひとつ旅いそぐ

そして、もうひとつ。

お遍路が一列に行く虹の中

（この回は二〇二三年一二月二二日、この年のいちばん最後の回として放送されたもので、このことばは、通常と異なり放送の最後に話されたものでした）

姪の結婚式

少し遅くなりましたが、あけましておめでとうございます。作家の高橋源一郎です。「飛ぶ教室」は、今年で五年目を迎えます。これからもみなさんに満足していただけるラジオ番組でありたいと思っています。よろしくお願いします。

昨年の暮れ、姪が結婚しました。弟の一人娘です。ぼくには他に付き合いのある親戚もおらず、兄弟も他にいません。弟は結婚式をしなかったと思います。なので、初めて肉親の結婚式に参加したのでした。

「目に入れても痛くない」ということばがありますが、弟にとってたったひとりの娘は、それ以上の存在であったことを、ぼくはよく知っています。それにしても素晴らしい結婚式でした。結婚式場は、姪がかつて勤めた場所。ウェディングプランナーでもあった姪は、その経験を、自分の結婚式に注ぎこんだように思えました。他人にとっては退屈な儀式になりがちな結婚式ですが、今回のそれは、みんなが自然と祝福する気持ちになれるように隅々にまで気を配ったことがわかるものだったのです。

いちばんの特色は、姪が長く飼っていた愛犬が、式の大切な登場人物……ではない登場犬だったことです。なんと、教会での挙式で、ふたりの指輪を持って来た、というか、首にかけて登場したのですからね。ぼく自身は、結婚という制度や、結婚式という形式を、全面的に肯定しているわけではありません。けれども、それを喜ぶ人たちの気持ちは素直に大切にしたいと思っています。式の終わりごろ、姪が近づいてきました。匂うように美しい、とはこのことだと思いました。そして、ぼくは素直に、こういったのでした。

「おめでとう。お幸せに」

日本映画史上の最高の監督のひとりである小津安二郎は、その作品の中で、娘の結婚を繰り返し描きつづけました。けれども、小津は、単純に家族制度を擁護したわけではありません。名作『晩秋』で、笠智衆《りゅうちしゅう》演じる老いた父は、父をおいて結婚することをためらう、原節子演じるひとり娘にこういうのです。

「そりゃ結婚したって、初めから幸せじゃないかもしれないさ。結婚していきなり幸せになれると思う考えがむしろまちがっているんだよ。幸せは、待っているもんじゃなくって、やっぱり自分たちでつくりだすもんだよ。結婚することが幸せなんじゃない。新しい夫婦がひとつの新しい人生を作り上げてゆくことに幸せがあるんだよ」
至言というべきでしょう。
それでは、夜開く学校、「飛ぶ教室」、始めましょう。

（これはもともと二〇二四年一月一日の新春！・初夢スペシャル用に書かれたものを、通常回の一回目である一月一二日に放送したもの。なので若干手直ししている）

地図

こんばんは。作家の高橋源一郎です。

去年の夏から犬を飼い始めました。黒の柴犬の牝です。年齢はわかりません。五歳か六歳か、あるいは七歳以上かもしれません。山奥をさまよっていたところを保護されたのです。彼女が我が家に来た事情については少々長い物語があるのですが、それはまた、いつかお話ししたいと思います。

三十代から四十代にかけては猫を飼っていました。その後、少し犬を飼っていた期間もあります。わけあって、その犬を手ばなした後は、もうなにも飼うことはあるまい、と思っていました。もうなにかを飼う資格はないものだと。

家族で手分けして彼女を散歩に連れてゆきます。もちろん、ぼくも。早起きは平気なので、基本的には朝の担当です。犬と一緒にゆっくりと歩きます。すると、それまで見えなかった「地図」のようなものが見えるようになりました。

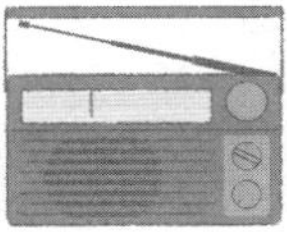

早朝でも、人びとは起きて動いています。あの家の男性はいつも同じ時間に家の前の道を掃いている。だから、そのあたりには塵ひとつ落ちていません。「おはようございます」というと「おはようございます」と返事が返ってきます。一回の散歩で二十回はこの会話を繰り返すでしょうか。ゆっくりと歩いている老夫婦がいます。いまは冬なので、ダウンを着こんだ、ぼくより年上の女性のカップルとよくすれ違います。そして、なにより犬を連れて散歩をしているたくさんの人たちです。

十数頭の犬を連れ、大きなグループをつくって歩いている人たちがいます。もちろん、出会うと挨拶します。高齢の犬を連れたご婦人は、ずっと抱きかかえたまま歩いています。犬の散歩ではなく、人の散歩です。それでも、ワンちゃんは気持ちよさそうです。犬を連れて散歩する人たちの時間とコースはだいたい決まっています。なので、いつもと少し違う時間に出かけると、違う人、違う犬に会うことになります。

先日、彼女の気の向くまま歩かせていたら、いままで入ったことのない細い道に進んでゆきます。そしたら、どうでしょう。向こうから、次から次に、犬を連れた人が現れます。みんなひとり。そうか、一匹オオカミならぬ一匹飼い主(?)たちは、ここを通るのか。そう思いました。

たくさんの人たちがたくさんの犬を連れて通ります。けれど、一時間たつと、どの道にも犬たちの姿はありません。また別の地図が現れ、今度は、たくさんの子どもたちが学校へ向かって慌てて歩いてゆくのでした。

それでは、夜開く学校、「飛ぶ教室」、始めましょう。

病院にて

こんばんは。作家の高橋源一郎です。

以前、次男が一歳の終わりに急性小脳炎になったことを書きました。年末、高熱を出して倒れた次男は、原因不明のまま年を越し、悪化して再度、前回と同じ都立病院を訪ねました。身体が徐々に動かなくなってきた次男を見て、医師は、世田谷にある小児専門の大病院へ搬送するよう手配、救急車で運ばれた意識不明の次男はただちに検査され、病名がわかり、医師から「このまま亡くなるか、回復しても重度の障がいが残る可能性が高い」と告げられたのです。けれども、数日後、次男は奇跡的に回復したのでした。生命の危機を脱し、そのときになって初めて、周りを見る余裕ができたのです。

そこは、日本でいちばん大きな小児専門病院で、高度の治療が必要な子どもたちが日本中から集まってくるところでした。つまり、そこは「死」にも近い場所だったのです。気がつくと、昨日までこんこんと少女が眠っていた隣のベッドが空になっています。そっと訊ねると、彼女は深

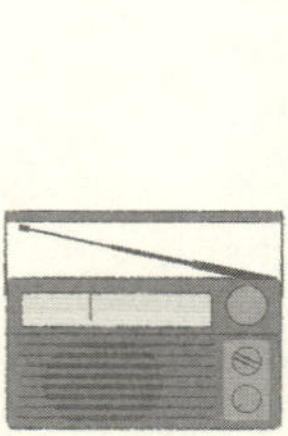

夜に亡くなったといわれました。あるいは、突然、切迫した館内放送が聞こえてきます。「〇〇ちゃんのご両親は、すぐにＮＩＣＵ(新生児集中治療室)までお出でください」と。ぼくは戦場のような、その場所に一月ほど、妻と交替で通いました。あるとき気づいたのは、そこで見かけるのは、母親ばかりで父親の姿がほとんど見えないことでした。ぼくのようにずっとベッドの傍にいるような父親は見かけません。そのことを医師に訊ねると、「子どもが重篤な病にかかる、あるいは障がいが見つかる、そんなとき、父親と母親の反応は違います。父親はまず『そんなバカな。自分の子どもがそんなことになるなんて』と否定し、時には見ないふりをする。現実を受け入れるのに時間がかかる父親は多いのです。けれども母親は、どんなときでもまずその事実を受け止めるのです」と。病院のいちばん上の階の食堂で、気になっていたお母さんのひとりとお話をしました。笑いの絶えない、元気一杯の母親です。彼女の娘は三つの重い病にかかり、三つの病院を四か月ごとに転院していて、もう何年も娘は家に戻っていないと彼女はいいました。「でも、どうしてそんなに明るくふるまえるのですか」とぼくが訊ねると、彼女はこういいました。「明るくすることが親の仕事でしょう。それに、わたしの娘、あんなに可愛いんですもの」と。なにがあっても明るくが親の仕事。いわれた通りにやっていますよ。

それでは、夜開く学校、「飛ぶ教室」、始めましょう。

不適切にもほどがある！

こんばんは。作家の高橋源一郎です。

先日、知人からおもしろいテレビドラマが始まった、お勧めだよ、といわれました。あまりテレビドラマは観ないのですが、信頼できる知人だったのでさっそく配信で観ることにしました。宮藤官九郎さんが脚本を書いた『不適切にもほどがある！』という作品です。いや、ほんとにおもしろかった。

物語はシンプル。主人公は阿部サダヲさん演じる中学教師で野球部顧問の「地獄の小川」。子どもに乱暴な口をきくわ、職員室はおろか授業中でもタバコを吸うわ、野球部の練習で水を飲んだ生徒に文句をいったあげく、他の部員も含め連帯責任で「ケツバット」をするわ、昭和の価値観にずっぽりはまった男です。

そんな「小川」が、住んでいた一九八六年の世界からいきなり二〇二四年にタイムスリップします。そして、「小川」がいちばん驚くのは価値観の違い、なにより厳しいコンプライアンスで

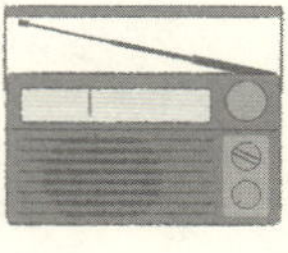

す。さすがにクドカン、どのエピソードも愉しい笑いのヴェールにくるんでいますが、中身は、いまの社会のあり方への鋭い疑問の提示となっているように思いました。

第一回のクライマックスは、タブレットで注文する居酒屋に紛れこみ、その使い方がわからなくて困っている「小川」の横で繰り広げられる、ある会社員のパワハラ問題です。その社員は部下へのパワハラで告発され、その対策を他の上司と練っているところ。まずプレゼンの直前に「期待しているから頑張って」といったこと。応援で心が折れる部下もいるからダメなのです。続いては、スマホのフリック入力が速いことに感心して「速いね。さすがZ世代」といったこと。これは世代でくくるから「エイジハラスメント」。三つ目が、部のバーベキューパーティで食べ物をよそってもらったとき、「君をお嫁にする男は幸せものだね」といったこと。「多様性の時代に、結婚だけが幸せではない」ので、これはセクハラ。たまりかねて「なんといえばよかったのです?」という男に、上司は「なにもいわなければいい。ただ寄り添えば」。その瞬間、横で聞いていた「小川」はたまりかねたように「気持ち悪い!」と叫ぶのです。

確かに。上司たちがいうことに間違いはないのかもしれません。けれども、ぼくもなんだかもやもやします。それは彼らが繰り返し「こんな時代だから」というからなのかもしれない。別の時代になり、別の価値観が優勢になったら、彼らはまったく逆のことをいうでしょう。彼らは信念があっていっているのではありません。「こんな時代だから」いっているにすぎないのですから。

それでは、夜開く学校、「飛ぶ教室」、始めましょう。

紙の本

こんばんは。作家の高橋源一郎です。

ぼくの仕事場は縦・横がほぼ四メートル、四角い部屋です。出入り口以外はすべて本棚。半分は既製品で、二列になった棚がローラーで滑るもの。それから、作りつけの本棚があります。既製品の本棚は、棚が滑るので奥の本の背中も見えます。けれど作りつけの本棚は本を二列に押しこんでいて奥にある本は見えません。探すときはいちいち前の本を動かします。なんともめんどうくさいです。それでも足りなくて部屋の真ん中にも本棚を据えつけました。以前数えてみましたが七千冊ほどあると思います。あとは倉庫に段ボールに詰めた本が百箱以上。以前、別の倉庫にやはり百箱以上あった本は、収納してから十年近く放置したまま、泣く泣く処分しました。自宅にも一部屋、本が詰まった部屋があります。それでも足りなくて、仕事場の空いてる場所に本が積んであります。なので、歩くスペースがやっとある程度で、時々、ぶつかって本の山が崩れます。仕事場に掃除にやって来た妻が、部屋を見て沈黙し、それからしばらくして、怪我しない

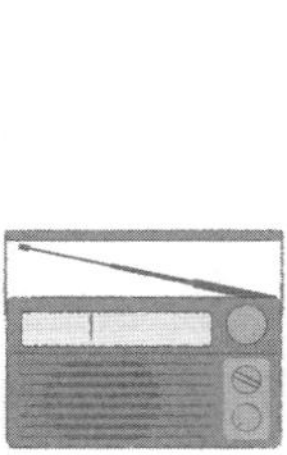

でね、といって帰りました。気をつけます、と答えました。そんなに本が必要なのか、とか、ほとんど「積ん読《どく》」じゃないのですか、とよくいわれます。まことにもって、そうなのかもしれません。読むだけなら、電子書籍でもいいじゃないですか、場所をとらないし、とか。そうですね。もちろん、ぼくも、どうしても必要なときには電子書籍を買います。電子書籍リーダーやクラウドの中にも電子の本があります。でも、それは資料として一度読むだけで、そのあとは読みません。なぜでしょうか。たぶん重さも色も形もないからです。邪魔にすらならない。紙の本は、なにもかもめんどうくさい。重いしどこにあるかわからなくなる。でも、それは、生きた人間がめんどうくさいのと同じです。知人は、初めて家を建てるとき、まず本の置場から考えたそうです。その人の家に行ってみました。あらゆる壁が本、本、本。膨大な本たちの間に、主人たる人間のスペースがあります。人ではなく本の住処。「まあ、図書館の司書みたいなものです」とその人はいいました。この前必要があって、古本屋で、一九六三年刊行の『吉本隆明詩集』という本を買いました。すっかり古くなった装幀。でも、なにもかも覚えていました。その本を読んだ頃の記憶が、一斉に蘇る気がしたのです。中身など読まなくても、その本の風貌だけで。

それでは、夜開く学校、「飛ぶ教室」、始めましょう。

場所

こんばんは。作家の高橋源一郎です。

今週、奈良県吉野郡十津川村にある玉置神社に行ってきました。十津川村は国内で最大の村。車で延々と山を上がっていきます。玉置神社は世界遺産「紀伊山地の霊場と参詣道」の一部で、「熊野三山」の「奥の院」と呼ばれるところです。祀られているのはイザナギノミコト、イザナミノミコト、アマテラスオオミカミ、カムヤマトイワレヒコノミコトすなわち神武天皇。でもそれらの中央に鎮座するのは国常立尊《くにとこたちのみこと》、『日本書紀』では天地開闢《かいびゃく》の際、最初に生まれた神とされています。神社の創建は伝承によれば崇神天皇六十一年すなわち紀元前三十七年。ただしもっと古い神社もあります。歴史と伝説の彼方から存在していたのですね。

玉置神社で有名なのは神社境内にある「杉の巨樹群」です。奈良県の天然記念物にも指定された杉の巨木が生い茂っています。ふつうの杉の寿命はおよそ五百年。けれども、ここには千年を優に超える杉がたくさん生えています。それはここがもともと海底火山の噴火によって生まれた

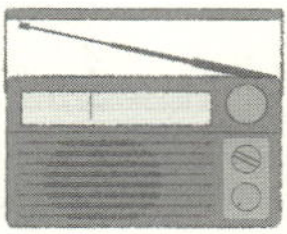

溶岩が、やがて隆起した土地だったからです。岩だらけ故にその隙間に根を差しこむように生きてきた。環境の厳しさが長寿の杉たちを産んだのです。中でも異彩を放っているのは樹齢三千年とされる神代杉《じんだい》です。斜面に張りつくように、それでも天に向かって伸びた巨大な古木は、直線ではなく、あらゆる箇所がねじれ、膨らんで、植物ではなくまったく別の生きもののようにも、生命そのものの形のようにも見えるのでした。実は境内には、玉置神社だけではなく、古来から地元で信仰されてきた「稲荷神社」や「出雲大社」も、差別されることなく大切にされています。明治になって「神仏分離」される前まではお寺まであったのです。およそ海抜一千メートルの清冽な空気を吸いながら、ぼくはなんともいえない解放感を味わっていました。かつて海でもあったこの山頂に向かって、遥か遠くから海の民たちは、「陸の灯台」として手を合わせていたのだそうです。信仰によるいさかいなどない場所。なにを信じてもかまわない場所。海でもあり山でもある場所。生命そのものを感じられる場所。偉大な博物学者・南方熊楠はこの神社を訪れ、「頗る険にして(けわしい)水無く、甚き難所也」と書いています。熊楠によれば、この神社の「神の使い」は狼だったそうです。もう日本に狼はいません。けれども、ここにはまだ、ぼくたちにとって大切ななにかが残っているように思えたのでした。

それでは、夜開く学校、「飛ぶ教室」、始めましょう。

小説家というお仕事

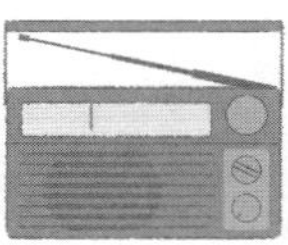

こんばんは。作家の高橋源一郎です。
今日は、作家、というか小説家というお仕事について話したいと思います。
さて、小説家になりたい人はたくさんいます。ぼくが属している純文学というジャンルに関しても、いくつかの雑誌の新人賞にはどれも数千の応募があります。大学入試なら合格人数が決まっています。けれども小説家の新人賞には合格人数は決まっていません。たいていは0《ゼロ》か1です。そこを突破して職業小説家になるのは、鮭の卵が孵化して親になるよりたいへんかもしれません。三億円の宝くじを当てるようなものかも。

仮に新人賞を受賞して小説家になったら、バラ色の未来が……待っていません。新人賞をとっても単行本にしてもらえない小説家もいます。仮に本が出たとして、次の本を出してもらえない作家も。だから仕方なく、小説家という職業を持っているはずなのに、アルバイトをしなきゃならない。というか本職が他にある職業小説家。なんかへんですね。どんなに収入がなくとも、書く以外の仕事はしない、という小説家もいます。だから、たくさんの賞をとったたいへん有名な純文学作家で、生活保護を受けていた人だっていました。不思議ではありません。それでも、おそらく彼らは、小説家という職業をやめないと思います。なぜでしょうか。

父が亡くなって三十年弱、母が亡くなって二十年以上たちました。あるとき、ぼくは、彼らのことをほんとうはなにも知らないのに気づきました。亡くなった親戚たち、思い出の人たちのことも。彼らを知るために、彼らがなにを感じたのかを知らなければなりません。昭和と戦争の時代のことを調べはじめたのはその頃です。やがて、そのことをテーマに小説を書きたいと思うようになりました。そうすれば、ほんとうの彼らに出会えるかもしれないから。でもどんな小説にすればいいのか。案内人になってもらう誰かを見つけよう。そして見つけたのが、昭和天皇ヒロヒトだったのです。

六年の間、小説の時間になると、ぼくは机に向かい、パソコンのスイッチをオンにしました。そして、小説の中に入ります。そこはぼくが何年もかけて作り上げた、もう一つの世界、過去のすべてが生々しく蘇る世界です。ぼくはそこで、亡くなった父や母とも出会っているような気がしています。そんなかけがえのない場所を作ること。そして、それを読者にも体験してもらうこと。それ以上の喜びは、小説家にはありません。だから、やめることなどできないのです。

それでは、夜開く学校、「飛ぶ教室」、始めましょう。

二〇代なんかなかった

こんばんは。作家の高橋源一郎です。

最近、お笑いコンビ・キングコングの西野亮廣《あきひろ》さんが、かつてブログに書いた記事が大きな話題になりました。タイトルは「二〇代で生まれた差は一生かけても取り返せない」です。西野さんは、「二〇代が人生を決める」のだとして、その理由について、こんなふうに書いています。

「『二〇代をゆっくり過ごしてきて、三〇歳にもなって、まだ何者にもなれていない人』に残された友達候補は、『二〇代をゆっくり過ごしてきて、三〇歳にもなって、まだ何者にもなれていない人』で、残念ながらその人は『決定権』を持っていない。あと、会社や社会は、『何者でもない三〇代』にチャンスは与えないんだよ。……。『大学卒業までに生まれた差』というのは、二〇代で本気を出せば余裕で巻き返せるのですが、『二〇代で生まれた差』というのは、一生かけても巻き返せない。『後で頑張ればいい』と思っても、二〇代より後は、そもそも打席に立たせてもらえないんです。待っているのは、成功者を妬み続ける人生です」

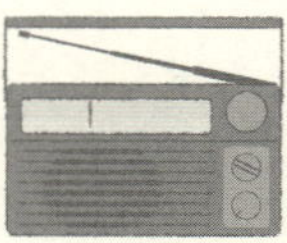

賛否を呼んだこの文章を読みながら、ぼくもまた「二〇代をゆっくり過ごしてきて、三〇歳にもなって、まだ何者にもなれていない人」のひとりだったことを思い出したのでした。

ぼくは一九歳で肉体労働を始めました。二〇代になってすぐ家庭を持ち子どもが生まれ、ただ働く日々が続きました。大学も八年在籍した後、満期除籍。将来の目標もなく、働いて働いて働いて、気がつけば三〇歳になり、離婚して家族もなく、学歴もスキルも経験もなく、ずっと誰とも連絡をとっていなかったので、社会的な繋がりもありませんでした。ひとことでいえば「無」。それが三〇歳のぼくでした。

けれども、それからのぼく、作家としてのぼくを形作ったのは、その「無」に近い二〇代だったのです。「若さ」と貴重な時間をすべて無駄にして、その代わり、手に入れたのは、失うものがなにもないこと、おそれることがなにもないこと、でした。作家になりたいと思っていたぼくにとって、いちばん大切なのは、社会での居場所を失うことだったのです。作家に必要な能力は、ただ自分を信じて前へ進むこと。仮にどんな結果になろうとも。それ以外にはありません。すべてを失ってはじめて、ぼくは前へ進むことができるようになりました。いや、前へ進むより他に生きる手段はありませんでした。なにもしないことこそが最大の冒険だったのです。

それでは、夜開く学校、「飛ぶ教室」、始めましょう。

「戦争」の「現場」

こんばんは。作家の高橋源一郎です。

少し前に、「NHKスペシャル」で『戦場のジーニャ』というドキュメンタリー番組が放映されました。サブタイトルは「ウクライナ／兵士が見た〝地獄〟」です。

ここでは、他のドキュメンタリーでは見たことのない注意書きが、何度も現れます。

たとえば、「この番組ではウクライナの戦場の実態を伝えるため死体や重傷の兵士の映像が流れます。衝撃の強い映像や音声は心的外傷の原因となったり、子どものメンタルヘルスに影響を与えたりするなどのケースが報告されています」とか、あるいは、「小学生以下の子どもの視聴は控えることをお勧めします。なお衝撃の強い映像の前には画面上でお知らせします」とか。

そして、番組が始まりました。それは、ウクライナの市民たちが兵士になって戦場に赴き、彼らがスマホや携帯ヴィデオで撮影した、いわゆる「自撮り映像」を中心に集めたものでした。ついに、ぼくたちは、自分の部屋に居ながらにして、「戦争」の「現場」を見ることができるよう

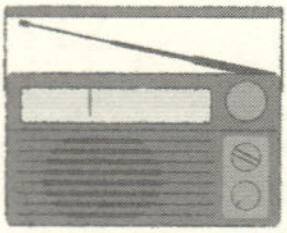

になったのです。それもほとんど加工されてはいない映像を通して。目の前で地雷が爆発して、兵士の脚が千切れそうになっています。ドローンを操縦する兵士が見る映像には、彼が今から殺すことになるロシア兵の姿が映っています。そして、瀕死の重傷を負い、苦しみながら、「友よ、撃ってくれ。殺してくれ。俺を苦しめないでくれ」と叫ぶ兵士の姿も。

番組タイトルにもなっている、元テレビカメラマン「ジーニャ」の映し出す映像にも、彼が殺すことになるロシア兵が見えるのです。驚いたのは、その映像が、相手を倒しながら進むシューティングゲームの映像と細部まであまりに似ていたことでした。ぼくはもう二度と、そんなゲームをできないような気がしたのです。元フィットネストレーナーだった「ドミトロ」という兵士は、こう呟きます。

「入隊した当初はどうして殺すことが可能なのかと。本当に恐ろしかったのです。その後、どうやって生きていけばよいのだろうと。私は頭の中にカーテンのような壁のようなものがあります……怒りも憎しみもありません。ただある行動をしなければならないと分かっているだけです」

番組が終わって、ぼくが感じたのは寂寥。ただ虚しく、寂しい、という思いでした。なぜなら、この衝撃的な映像ですら、数千、数万のうちの一つに過ぎず、それはロシア側にもあり、きっとガザにも、もっと別のどこかにもあるはずなのだから。
それでは、夜開く学校、「飛ぶ教室」、始めましょう。

タカハシさんノート

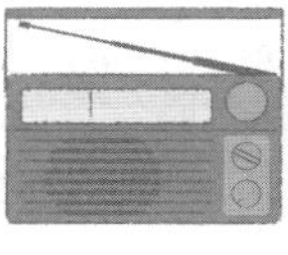

こんばんは。作家の高橋源一郎です。

今夜は、後ほど、あるホームレスの女性が書き遺したノートを紹介します。苦しい生活の中で、孤独な女性の生きがいでもあったノートです。そのノートを読みながら、ぼくも同じようにノートを綴ったことがある、と思ったのでした。

中学生の頃から思いついたことばの断片を、ノートに書いたりしていました。高校生の頃には、それは「創作ノート」のようなものになりました。本を読み、映画を観て、友人たちと交わす会話。そのとき、ぼくを訪れた感情やことばも、そのノートの登場「人物」でした。大学に入り、二十歳を過ぎて、ぼくは文学や表現とは無縁の人間になりました。日々の肉体労働を淡々とこなし、夜になると疲れ果て、夢を見ることもなく眠りこんだのです。

けれども、いつ頃からだったでしょうか。仕事をさぼって、朝から喫茶店に行くようになったのです。そして、ぼくは店の隅でぼんやり窓の外の木の葉を眺めて半日を過ごしたりしました。

理由はありませんでしたが、行くべき場所が見つからなかっただけなのかもしれません。あるいは、現実から目を背けたかったのかもしれません。そして、気がつくと、店に行くとき、一冊の本、あるいは小さなノートを持ってゆくようになっていたのでした。そこで、本を熱心に読んだ覚えはありません。なんとなく頁を開き、そこに書かれた文字をあてどなく読んだだけでした。ノートになにかを熱心に書いた記憶もありません。ただなんとなく、思いついたことばを書きなぐっただけでした。おそらく、大切だったのは、本を開き、ノートを持ってゆくこと、それ自体だったのです。

ガラス窓から午前中の柔らかい光がさしてきて、ノートに当たります。するとノートの白い頁がまぶしく光るのです。それを見るのが好きでした。そこにはまだなにも書かれていませんでした。そこに、なにかを書きこんでいかねばならないのだ。そんなことをぼんやり考えていたように思います。その白いノートは可能性の象徴で、自分にもまだそれがあると信じたかったのでしょう。そのノートに刻まれたことばはわずかで、覚えてもいません。でも、それは、ほとんど形をなしてはいなかったけれど、確かにぼくにとって最初の創作、始まりのことばだったのです。

作家になってからはノートは作りませんでした。仕事用にメモをとるだけです。でも、時々、あてのないことばを連ねただけの、ほとんどが白いノートのことを思い出します。まだなにものでもなく、なにものになるかもわからなかった頃のノートのことを。
それでは、夜開く学校、「飛ぶ教室」、始めましょう。

そうであったかもしれない物語について

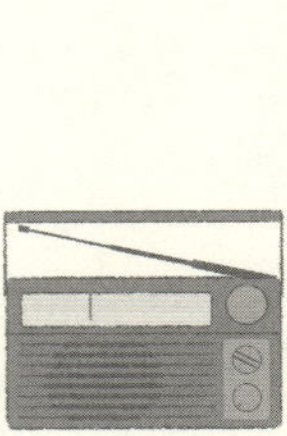

こんばんは。作家の高橋源一郎です。

さっき、「てんてん」の散歩から戻ってきました。「てんてん」は、飼い犬の愛称です。黒柴の牝で保護犬であることは以前お話ししましたね。なので彼女の素性はなにもわかりません。「ねえ、てんてん、きみは、いままでどこでなにをしていたのかなあ」と訊いても、不思議そうにぼくを見上げるだけです。「彼女」が拾われた山奥は、よく、犬が棄てられている場所なので、どこかから脱走したのではなく、やはり棄てられたのかもしれません。二〇二一年に法律が改正されて、ペット業者が牝を交配させる場合、その年齢は原則六歳までになりました。以来、六歳を過ぎた繁殖牝は業者にとって邪魔者になり、業者による遺棄が増えたのだと聞きました。なので、我が家ではこんな物語が語り伝えられるようになりました。

「昔々、あるペット業者のところに、可愛い黒柴の牝がいました。毎年のように、彼女は赤ちゃんを産みました。でも、生まれた赤ん坊はいつもあっという間に手元から奪われるのです。

『わたしの赤ちゃんはどこに行ったんだろう』と彼女は呟きました。やがて、その日がやって来ました。係の人がやって来て、車に乗せ、どんどん走ります。気づいたときには、夜の山奥に放りだされ、ただ一匹になっていたのです。ここはどこ？　わたしはどこへ行けばいいの？　遠くからなにかが鳴く声が聞こえました。あれは……もしかしたら、わたしの赤ちゃんじゃないかしら。だから、その犬は走りました……その声、目指して」

ちょっと出来すぎですか？　ところで、この話をすると、同じように、別の黒柴の保護犬を飼っている飼い主さんは、うちの犬は違うわよ、とこんなお話をしてくれました。

「あるペット業者に代々飼われている柴犬の牝がいました。おばあちゃんも、おかあさんも、その業者の建物を出たことがありません。おばあちゃんはおかあさんにこういっていたそうです。『わたしが出られなかった外の世界にあなたは行きなさい』と。でも、結局出られなかったおかあさんは、今度はわたしにいつもこういっていたのです。『おばあちゃんもわたしも出られなかった外の世界にあなたは行くのよ』と。そして、ある日、その牝犬の前で一瞬、檻のドアが開きました。彼女はあっという間にドアから外へ飛び出しました。行くんだ、わたし。おばあちゃんやおかあさんが見ることができなかった自由な世界を見るために」

どれも、人間が勝手に作ったお話です。犬たちがなにを考えているのかはわかりません。もちろん、なにを考えているのかわからないのは、犬だけではないのですが。
それでは、夜開く学校、「飛ぶ教室」、始めましょう。

おわりのことば

ＮＨＫラジオ第一の「高橋源一郎の飛ぶ教室」は、とうとう六年目に突入しました。番組をいちばん楽しみにしているのは、マイクの前でしゃべっているぼく自身なのかもしれません。

番組の「はじまりのことば」を集めた本も、これで二冊目。みなさんにお届けしたい本も、みなさんの前でお話したいゲストも、まだまだたくさん、あります＆います。

番組スタッフのみなさん、番組を聴いてくださっているリスナーのみなさん、本を買って読んでくださる読者のみなさん、それから、この本を作ってくださった岩波書店の上田麻里さん。みんなみんなありがとう。これからもよろしくお願いします。

二〇二五年三月一七日

高橋源一郎

本書でとりあげられた主な作品ほか

ラジオの，光と闇

エリック・ドルフィー『Last Date』1965年

吉見俊哉『「声」の資本主義——電話・ラジオ・蓄音機の社会史』河出文庫，2012年

Keith Somerville, *Radio Propaganda and the Broadcasting of Hatred: Historical Development and Definitions,* Palgrave Macmillan, 2012

Allan Thompson ed., Statement by Kofi Annan, *The Media and the Rwanda Genocide,* Pluto Press, 2007

2022年度 前期　声だけの人

桜：有吉佐和子『非色』河出書房新社，1964年(のち河出文庫)

1本だけの映画：映画『ゴジラ』本多猪四郎監督，1954年／『ゴジラの逆襲』小田基義監督，1955年

自分の感情を殺す：映画『プリズン・サークル』坂上香監督・制作・撮影・編集，2019年／坂上香『プリズン・サークル』岩波書店，2022年

ピアニストを撃つな：Sergey Vasiliev, "Civic resistance through culture"

失われた記憶：スヴェトラーナ・アレクシエーヴィチ『戦争は女の顔をしていない』三浦みどり訳，群像社，2008年(のち岩波現代文庫)

夢の香り：映画『セント・オブ・ウーマン　夢の香り』マーティン・ブレスト監督，1992年

いままで食べたなかで一番おいしかったもの：藤原辰史『食べるとはどういうことか——世界の見方が変わる三つの質問』農山漁村文化協会，2019年

日記を書く，日記を読む：高橋源一郎『追憶の一九八九年』スイッチ・コーポレイション書籍出版部，1990年(のち角川文庫)／永井荷風『断腸亭日乗』岩波文庫ほか

会ったことのないぼくの伯父さん：高橋源一郎『ゆっくりおやすみ、樹の下で』朝日新聞出版，2018年(のち朝日文庫)

ラジオの時代，映画の時代：映画『エルヴィス』バズ・ラーマン脚本・監督・制作，2022年

本書でとりあげられた主な作品ほか

14歳の頃：ブレイディみかこ『両手にトカレフ』ポプラ社，2022年(のちポプラ文庫)

うしろめたさについて：松村圭一郎『うしろめたさの人類学』ミシマ社，2017年

学校と軍隊：山本七平『一下級将校の見た帝国陸軍』朝日新聞社，1976年(のち文春文庫)

雪：マームとジプシーによる舞台『cocoon』今日マチ子原作，藤田貴大作・演出，2013年／加東大介『南の島に雪が降る』文藝春秋新社，1961年(のちちくま文庫)

プロスペローの死：ウィリアム・シェイクスピア『テンペスト――シェイクスピア全集〈8〉』松岡和子訳，ちくま文庫

誰かに33の質問をする：『谷川俊太郎の33の質問』出帆社，1975年(のちちくま文庫)

2022年度 後期　斧のような本

最後の仕事：村瀬孝生『シリーズ ケアをひらく　シンクロと自由』医学書院，2022年

通夜の客：井上靖「通夜の客」(『通夜の客』角川文庫ほか所収)／映画『通夜の客』五所平之助監督，1960年／宮沢章夫『時間のかかる読書』河出書房新社，2009年(のち河出文庫)

老人たち：映画『PLAN75』早川千絵監督，2022年／NETFLIXオリジナルドラマシリーズ『グレイス＆フランキー』マルタ・カウフマン製作総指揮，2015年～

ものの記憶，場所の記憶：稲田豊史『映画を早送りで観る人たち　ファスト映画・ネタバレ――コンテンツ消費の現在形』光文社新書，2022年／大江健三郎「性的人間」『われらの文学18』講談社，1965年

秘密の教室：アーザル・ナフィーシー『テヘランでロリータを読む』市川恵里訳，白水社，2006年(のち河出文庫)

宛名のない手紙：山本文緒『無人島のふたり――120日以上生きなくちゃ日記』新潮社，2022年(のち新潮文庫)／加藤典洋「はじめての歌」(『大きな文字で書くこと／僕の一〇〇〇と一つの夜』岩波現代文庫，2023年所収)

朗読者：ベルンハルト・シュリンク『朗読者』松永美穂訳，新潮社，2000年(のち新潮文庫)

斧のような本：ミシェル・クオ『パトリックと本を読む――絶望から立ち上がるための読書会』神田由布子訳，白水社，2020年／フラ

ンツ・カフカ「親友オスカー・ポラックへの手紙　1904年1月27日」(『決定版 カフカ全集9　手紙』新潮社，1981年など)

緑色の部屋：映画『緑色の部屋』フランソワ・トリュフォー監督，1978年

白鳥の歌：坂本龍一，配信コンサート「Ryuichi Sakamoto: Playing the Piano 2022」(2022年12月11-12日世界配信)／坂本龍一「メリークリスマス，ミスター・ロレンス」Merry Christmas Mr. Lawrence / Ryuichi Sakamoto - From Ryuichi Sakamoto : Playing the Piano 2022 (https://www.youtube.com/watch?v=z9tECKZ60zk)／映画『戦場のメリークリスマス』大島渚監督，1983年

隣人：藤代三郎「馬券の真実」『週刊ギャロップ』2022年12月25日号

日記を読む，日記に書かれる：青山真治『宝ヶ池の沈まぬ亀——ある映画作家の日記 2016-2020』boid，2022年

バンドという家族，家族というバンド：アニメ映画『BLUE GIANT』石塚真一原作，立川譲監督，2023年

説得する：橋本治『桃尻娘』講談社，1978年(のちポプラ文庫)

2023年度 前期　ことばより雄弁なもの

10年後になくなる職業：マイケル・オズボーン「雇用の未来」(C. B. Frey & M. A. Osborne, The Future of Employment : How Susceptible are Jobs to Computerisation?, September 17, 2013)

六十にして耳順う：アニメ作品『推しの子』赤坂アカ・横槍メンゴ原作，平牧大輔監督，2023年4月12日-6月28日放送(第1期)

名前を呼ぶ：高橋源一郎『さようなら、ギャングたち』講談社，1982年(のち講談社文芸文庫)

見えないこと：映画『怪物』是枝裕和監督，坂元裕二脚本，2023年／「第76回カンヌ国際映画祭で映画「怪物」が脚本賞とクィア・パルム賞を受賞の快挙！」『諏訪圏フィルムコミッション』(http://www.suwafc.com/news/)

ことばより雄弁なもの：坂本龍一「funeral」(https://open.spotify.com/playlist/31OIme0YdF4ORWvEdTyE6V#login)

恩を送る：「上野千鶴子さん　基金設立『恩送り』へ」(『朝日新聞』2023年6月7日付)

残す：ドキュメンタリー映画『祝(ほうり)の島』纐纈あや監督，2010年

君たちはどう生きるか：映画『君たちはどう生きるか』宮﨑駿監督，2023年／吉野源三郎『君たちはどう生きるか』新潮社，1937年(の

ち岩波文庫ほか)／後藤繁雄『独特老人』ちくま文庫

おそろしい日曜：岸田國士『紙風船』1925年(『岸田國士全集1』岩波書店，1990年ほか所収)

ルール：大西巨人『神聖喜劇』全5巻，光文社，1978-80年(のち光文社文庫ほか)

ことばの発達：片野ゆか『愛犬王 平岩米吉伝』小学館，2006年(のちヤマケイ文庫)／平岩由伎子著『人形の耳――幼児の自由詩集』梓書房，1930年

2023年度 後期　命終

家の記憶：チェーホフ『桜の園・三人姉妹』神西清訳，新潮文庫

命終：耕治人『そうかもしれない――耕治人命終三部作その他』講談社，1988年

遺品整理：ビートルズ「ナウ・アンド・ゼン」2023年／三浦建太郎『ベルセルク』白泉社，1989年～(42巻より三浦建太郎原作，スタジオ我画作画，森恒二監修)

最高の選考会：酒見賢一『後宮小説』新潮社，1989年(のち新潮文庫)

ワーニャ伯父さん：チェーホフ「ワーニャ伯父さん」『かもめ・ワーニャ伯父さん』神西清訳，新潮文庫

お遍路が一列に行く虹の中：映画『男はつらいよ』シリーズ，山田洋次監督，1969-2019年／渥美清著，森英介編『赤とんぼ　渥美清句集』本阿弥書店，2009年

姪の結婚式：映画『晩秋』小津安二郎監督，1949年

不適切にもほどがある！：テレビドラマ『不適切にもほどがある！』宮藤官九郎脚本，2024年

紙の本：吉本隆明『吉本隆明詩集』思潮社，1963年

20代なんかなかった：西野亮廣の公式ブログ「20代で生まれた差は一生かけても取り返せない」(https://chimney.town/6033/)

「戦争」の「現場」：NHKスペシャル『戦場のジーニャ――ウクライナ／兵士が見た“地獄”』(初回放送日2024年2月25日)

高橋源一郎

1951年広島県生まれ
横浜国立大学経済学部除籍
現在－作家，元明治学院大学国際学部教授
著書－『さようなら、ギャングたち』(群像新人長篇小説賞優秀作)，『優雅で感傷的な日本野球』(三島由紀夫賞)，『日本文学盛衰史』(伊藤整文学賞)，『さよならクリストファー・ロビン』(谷崎潤一郎賞)，『DJヒロヒト』ほか，主な新書に『一億三千万人のための小説教室』『読んじゃいなよ！』『高橋源一郎の飛ぶ教室』『ぼくらの民主主義なんだぜ』『丘の上のバカ』『ぼくたちはこの国をこんなふうに愛することに決めた』『たのしい知識』『一億三千万人のための『歎異抄』』『お釈迦さま以外はみんなバカ』『「ことば」に殺される前に』『ぼくらの戦争なんだぜ』など多数

ラジオの、光と闇―高橋源一郎の飛ぶ教室2
岩波新書(新赤版)2062

2025年4月18日　第1刷発行

著　者　高橋源一郎《たかはしげんいちろう》

発行者　坂本政謙

発行所　株式会社 岩波書店
〒101-8002 東京都千代田区一ツ橋2-5-5
案内 03-5210-4000　営業部 03-5210-4111
https://www.iwanami.co.jp/

新書編集部 03-5210-4054
https://www.iwanami.co.jp/sin/

印刷製本・法令印刷　カバー・半七印刷

ISBN 978-4-00-432062-3　　Printed in Japan

岩波新書新赤版一〇〇〇点に際して

ひとつの時代が終わったと言われて久しい。だが、その先にいかなる時代を展望するのか、私たちはその輪郭すら描きえていない。二〇世紀から持ち越した課題の多くは、未だ解決の緒を見つけることのできないままであり、二一世紀が新たに招きよせた問題も少なくない。グローバル資本主義の浸透、憎悪の連鎖、暴力の応酬――世界は混沌として深い不安の只中にある。

現代社会においては変化が常態となり、速さと新しさに絶対的な価値が与えられた。消費社会の深化と情報技術の革命は、種々の境界を無くし、人々の生活やコミュニケーションの様式を根底から変容させてきた。ライフスタイルは多様化し、一面では個人の生き方をそれぞれが選びとる時代が始まっている。同時に、新たな格差が生まれ、様々な次元での亀裂や分断が深まっている。社会や歴史に対する意識が揺らぎ、普遍的な理念に対する根本的な懐疑や、現実を変えることへの無力感がひそかに根を張りつつある。そして生きることに誰もが困難を覚える時代が到来している。

しかし、日常生活のそれぞれの場で、自由と民主主義を獲得し実践することを通じて、私たち自身がそうした閉塞を乗り超え、希望の時代の幕開けを告げてゆくことは不可能ではあるまい。そのために、いま求められていること――それは、個と個の間で開かれた対話を積み重ねながら、人間らしく生きることの条件について一人ひとりが粘り強く思考することではないか。その営みの糧となるものが、教養に外ならないと私たちは考える。歴史とは何か、よく生きるとはいかなることか、世界そして人間はどこへ向かうべきなのか――こうした根源的な問いとの格闘が、文化と知の厚みを作り出し、個人と社会を支える基盤としての教養となった。まさにそのような教養への道案内こそ、岩波新書が創刊以来、追求してきたことである。

岩波新書は、日中戦争下の一九三八年一一月に赤版として創刊された。創刊の辞は、道義の精神に則らない日本の行動を憂慮し、批判的精神と良心的行動の欠如を戒めつつ、現代人の現代的教養を刊行の目的とする、と謳っている。以後、青版、黄版、新赤版と装いを改めながら、合計二五〇〇点余りを世に問うてきた。そして、いままた新赤版が一〇〇〇点を迎えたのを機に、人間の理性と良心への信頼を再確認し、それに裏打ちされた文化を培っていく決意を込めて、新しい装丁のもとに再出発したいと思う。一冊一冊から吹き出す新風が一人でも多くの読者の許に届くこと、そして希望ある時代への想像力を豊かにかき立てることを切に願う。

（二〇〇六年四月）

岩波新書より

文学

頼山陽　揖斐高
百人一首　田渕句美子
文学が裁く戦争　金ヨンロン
シンデレラはどこへ行ったのか　廣野由美子
文学は地球を想像する　結城正美
川端康成　孤独を駆ける　十重田裕一
いちにち、古典　〈とき〉をめぐる日本文学誌　田中貴子
芭蕉のあそび　深沢眞二
森鷗外　学芸の散歩者　中島国彦
万葉集に出会う　大谷雅夫
大岡信　架橋する詩人　大井浩一
源氏物語を読む　高木和子
『失われた時を求めて』への招待　吉川一義
三島由紀夫　悲劇への欲動　佐藤秀明
有島武郎　荒木優太

ジョージ・オーウェル　川端康雄
大岡信『折々のうた』選　詩と歌謡　蜂飼耳編
大岡信『折々のうた』選　短歌(一)・(二)　水原紫苑編
大岡信『折々のうた』選　俳句(一)・(二)　長谷川櫂編
日曜俳句入門　吉竹純
短篇小説講義〔増補版〕　筒井康隆
日本の同時代小説　斎藤美奈子
中原中也　沈黙の音楽　佐々木幹郎
戦争をよむ　70冊の小説案内　中川成美
夏目漱石と西田幾多郎　小林敏明
『レ・ミゼラブル』の世界　西永良成
北原白秋　言葉の魔術師　今野真二
漱石のこころ　赤木昭夫
夏目漱石　十川信介
村上春樹は、むずかしい◆　加藤典洋
「私」をつくる　近代小説の試み　安藤宏

現代秀歌　永田和宏
言葉と歩く日記　多和田葉子
近代秀歌　永田和宏
古典力　齋藤孝
老いの歌　小高賢
魯迅◆　藤井省三
ラテンアメリカ十大小説　木村榮一
正岡子規　言葉と生きる　坪内稔典
和歌とは何か　渡部泰明
いくさ物語の世界　日下力
漱石　母に愛されなかった子　三浦雅士
アラビアンナイト　西尾哲夫
小説の読み書き　佐藤正午
季語集◆　坪内稔典
森鷗外　文化の翻訳者　長島要一
英語でよむ万葉集◆　リービ英雄
源氏物語の世界　日向一雅
読書力　齋藤孝

岩波新書より

言語

日本語と漢字　今野真二
優しいコミュニケーション　村田和代
うつりゆく日本語をよむ　今野真二
英語独習法　今井むつみ
『広辞苑』をよむ　今野真二
60歳からの外国語修行 メキシコに学ぶ　青山南
やさしい日本語　庵功雄
世界の名前◆　岩波書店辞典編集部編
英語学習は早いほど良いのか　バトラー後藤裕子
ものの言いかた西東　小林隆・澤村美幸
日本語スケッチ帳　田中章夫
日本語の考古学　今野真二
辞書の仕事◆　増井元
実践 日本人の英語　マーク・ピーターセン
ことばの力学　白井恭弘
百年前の日本語◆　今野真二
女ことばと日本語　中村桃子
テレビの日本語　加藤昌男
日本語雑記帳◆　田中章夫
英語で話すヒント◆　小松達也
語感トレーニング◆　中村明
日本語の古典　山口仲美
ことばと思考　今井むつみ
外国語学習の科学　白井恭弘
ことば遊びの楽しみ　阿刀田高
日本語の歴史　山口仲美
日本の漢字　笹原宏之
ことばの由来◆　堀井令以知
コミュニケーション力　齋藤孝
日本語の教室　大野晋
伝わる英語表現法　長部三郎
日本人はなぜ英語ができないか　鈴木孝夫
心にとどく英語　マーク・ピーターセン
日本語練習帳　大野晋
翻訳と日本の近代　丸山真男・加藤周一
日本語ウォッチング　井上史雄
日本語の起源〔新版〕　大野晋
日本人の英語 続　マーク・ピーターセン
日本語と外国語　鈴木孝夫
日本人の英語　マーク・ピーターセン
日本語〔新版〕上・下　金田一春彦
ことばとイメージ　川本茂雄
外国語上達法　千野栄一
記号論への招待　池上嘉彦
翻訳語成立事情　柳父章
ことばと国家　田中克彦
英語の構造 上・下　中島文雄
日本語の文法を考える　大野晋
言語と社会　ピーター・トラッドギル 土田滋訳
ことばと文化　鈴木孝夫
かな　小松茂美
漢字◆　白川静

(2024.8)　◆は品切，電子書籍版あり．(K)

岩波新書より

社会

- 不適切保育はなぜ起こるのか　普光院亜紀
- なぜ難民を受け入れるのか　橋本直子
- 罪を犯した人々を支える　藤原正範
- 女性不況サバイバル　竹信三恵子
- パリの音楽サロン　青柳いづみこ
- 持続可能な発展の話　宮永健太郎
- 皮革とブランド 変化するファッション倫理　西村祐子
- 動物がくれる力 教育、福祉、そして人生　大塚敦子
- 政治と宗教　島薗進編
- 超デジタル世界　西垣通
- 現代カタストロフ論　金子勝・児玉龍彦
- 「移民国家」としての日本　宮島喬
- 迫りくる核リスク 〈核抑止〉を解体する　吉田文彦
- 記者がひもとく「少年」事件史　川名壮志
- 中国のデジタルイノベーション　小池政就
- これからの住まい　川崎直宏
- 検察審査会　デイビッド・T・ジョンソン・平山真理・福来寛
- ドキュメント〈アメリカ世〉の沖縄　宮城修
- 東京大空襲の戦後史　栗原俊雄
- 土地は誰のものか　五十嵐敬喜
- 民俗学入門　菊地暁
- 企業と経済を読み解く小説50　佐高信
- 視覚化する味覚　久野愛
- ロボットと人間 人とは何か　石黒浩
- ジョブ型雇用社会とは何か　濱口桂一郎
- 法医学者の使命 「人の死を生かす」ために　吉田謙一
- 異文化コミュニケーション学　鳥飼玖美子
- モダン語の世界へ　山室信一
- 時代を撃つノンフィクション100　佐高信
- 労働組合とは何か　木下武男
- プライバシーという権利　宮下紘
- 地域衰退　宮﨑雅人
- 江戸問答　田中優子・松岡正剛
- 広島平和記念資料館は問いかける　志賀賢治
- コロナ後の世界を生きる　村上陽一郎編
- リスクの正体　神里達博
- 紫外線の社会史　金凡性
- 「勤労青年」の教養文化史　福間良明
- 5G 次世代移動通信規格の可能性　森川博之
- 客室乗務員の誕生　山口誠
- 「孤独な育児」のない社会へ　榊原智子
- 放送の自由　川端和治
- 社会保障再考 〈地域〉で支える　菊池馨実
- 生きのびるマンション　山岡淳一郎
- 虐待死 なぜ起きるのか、どう防ぐか　川崎二三彦
- 平成時代◆　吉見俊哉

岩波新書より

- 過労自殺〔第二版〕◆ 川人博
- 金沢を歩く 山出保
- ドキュメント 豪雨災害 稲泉連
- ひとり親家庭 赤石千衣子
- 女のからだ フェミニズム以後◆ 荻野美穂
- 〈老いがい〉の時代◆ 天野正子
- 子どもの貧困Ⅱ 阿部彩
- 性と法律 角田由紀子
- ヘイト・スピーチとは何か◆ 師岡康子
- 生活保護から考える◆ 稲葉剛
- かつお節と日本人 宮内泰介・藤林泰
- 家事労働ハラスメント 竹信三恵子
- 福島原発事故 県民健康管理調査の闇◆ 日野行介
- 電気料金はなぜ上がるのか◆ 朝日新聞経済部
- おとなが育つ条件 柏木惠子
- 在日外国人〔第三版〕 田中宏
- まち再生の術語集 延藤安弘
- 震災日録 記憶を記録する◆ 森まゆみ

- 原発をつくらせない人びと 山秋真
- 社会人の生き方◆ 暉峻淑子
- 構造災 科学技術社会に潜む危機 松本三和夫
- 家族という意志◆ 芹沢俊介
- 夢よりも深い覚醒へ◆ 大澤真幸
- 3・11複合被災◆ 外岡秀俊
- 子どもの声を社会へ 桜井智恵子
- 就職とは何か◆ 森岡孝二
- 日本のデザイン 原研哉
- ポジティヴ・アクション 辻村みよ子
- 脱原子力社会へ◆ 長谷川公一
- 希望は絶望のど真ん中に むのたけじ
- アスベスト 広がる被害 大島秀利
- 原発を終わらせる 石橋克彦編
- 日本の食糧が危ない 中村靖彦
- 希望のつくり方 玄田有史
- 生き方の不平等◆ 白波瀬佐和子
- 同性愛と異性愛 風間孝・河口和也
- 新しい労働社会 濱口桂一郎

- 世代間連帯 上野千鶴子・辻元清美
- 子どもの貧困 阿部彩
- 子どもへの性的虐待◆ 森田ゆり
- 反貧困 湯浅誠
- 不可能性の時代 大澤真幸
- 地域の力 大江正章
- 少子社会日本 山田昌弘
- 「悩み」の正体 香山リカ
- 変えてゆく勇気◆ 上川あや
- 戦争で死ぬ、ということ 島本慈子
- ルポ 改憲潮流 斎藤貴男
- 社会学入門 見田宗介
- 少年事件に取り組む 藤原正範
- 悪役レスラーは笑う◆ 森達也
- いまどきの「常識」◆ 香山リカ
- 働きすぎの時代◆ 森岡孝二
- 桜が創った「日本」 佐藤俊樹
- 生きる意味 上田紀行
- 社会起業家◆ 斎藤槙

岩波新書/最新刊から

2052 **ビジネスと人権**
―人を大切にしない社会を変える―
伊藤和子 著
私たち一人一人が国連のビジネスと人権に関する指導原則を知り、企業による人権侵害が横行する社会を変えていくための一冊。

2053 **ルポ 軍事優先社会**
―暮らしの中の「戦争準備」―
吉田敏浩 著
歯止めのない軍事化が暮らしを侵し始めている。その実態を丹念な取材で浮き彫りにし、対米従属の主体性なき安保政策を問う。

2054 **リンカン**
―「合衆国市民」の創造者―
紀平英作 著
「奴隷解放の父」として、史上最も尊敬を集めてきた大統領であるエイブラハム・リンカン。そのリーダーシップの源泉を問う。

2055 **世界の貧困に挑む**
―マイクロファイナンスの可能性―
慎泰俊 著
貧困から抜け出すためにこそ必要となる小さな金融サービス＝マイクロファイナンス。その現状と課題を、最前線から伝える。

2056 **学校の戦後史 新版**
木村元 著
学校の自明性が失われた今、「教える」ことが問われている。教育制度の土台が大きく揺らいだ二〇一五年以降を見通す待望の新版。

2057 **歴史のなかの貨幣**
銅銭がつないだ東アジア
黒田明伸 著
銅銭は海を越え、日本を含む東アジア世界に大きなインパクトをもたらした。『貨幣システムの世界史』の著者による新たな貨幣史。

2058 **東京美術学校物語**
―国粋と国際のはざまに揺れて―
新関公子 著
東京芸術大学の前身、東京美術学校の波乱の歴史をたどりながら、明治維新以後の日本美術の、西洋との出会いと葛藤を描く。

2059 **ヒトとヒグマ**
―狩猟からクマ送り儀礼まで―
増田隆一 著
進化上の運命的な出会いと文化的な共存の謎に迫り、クマ送り儀礼の意味と可能性を問う。北海道大学の学際的な挑戦がここに。

(2025. 4)